Date: 11/6/17

SP FIC CANTERO
Cantero, David F., 1961-
El destino era esto /

PALM BEACH COUNTY
LIBRARY SYSTEM
3650 SUMMIT BLVD.
WEST PALM BEACH, FL 33406

El destino era esto

El destino era esto

DAVID CANTERO

Barcelona • Madrid • Bogotá • Buenos Aires • Caracas • México D.F. • Miami • Montevideo • Santiago de Chile

1.ª edición: octubre 2016

© David Cantero, 2016
Derechos gestionados a través de Dos Passos Agencia Literaria
© Ediciones B, S. A., 2016
Consell de Cent, 425-427 - 08009 Barcelona (España)
www.edicionesb.com

Printed in Spain
ISBN: 978-84-666-6006-8
DL B 16485-2016

Impreso por Unigraf, S. L.
Avda. Cámara de la Industria, 38
Pol. Ind. Arroyomolinos, 28938 - Móstoles (Madrid)

Todos los derechos reservados. Bajo las sanciones establecidas
en el ordenamiento jurídico, queda rigurosamente prohibida,
sin autorización escrita de los titulares del *copyright*, la reproducción
total o parcial de esta obra por cualquier medio o procedimiento,
comprendidos la reprografía y el tratamiento informático, así como
la distribución de ejemplares mediante alquiler o préstamo públicos

A mi querida Palmira Márquez, que siempre cree en mí, y me anima a no rendirme y escribir.

A Berta y a mis tres hijos.

She walks in beauty, like the night
Of cloudless climes and starry skies;
And all that's best of dark and bright
Meet in her aspect and her eyes:
Thus mellow'd to that tender light
Which heaven to gaudy day denies.

LORD BYRON

Las lágrimas más amargas que se derramarán sobre nuestra tumba serán por las palabras no dichas y por las obras inacabadas.

HARRIET BEECHER STOWE

1

No estaba segura de por qué pero, al despertar, aquel día le pareció distinto de cualquier otro. Era el primero de septiembre y amaneció frío, opaco y cobrizo, con un aspecto demasiado otoñal. Lloviznaba. En ocasiones hace falta tiempo e instinto para poder apreciar esas señales que a veces nos lanza la vida, pero esa mañana Patricia no tenía ni una cosa ni la otra. Apartó decidida la sombra del presagio y el edredón y se levantó de un salto, con energía, con prisa, sin demasiado tiempo para pensar; había mucho que hacer tras regresar de unas largas y plácidas vacaciones de verano en el sur. Tenía que ponerse al día con el trabajo.

Por la tarde iba a suceder algo que cambiaría su vida, pero no prestó atención a ese raro presentimiento, no supo comprender el significado de esa sutil advertencia.

Odiaba retrasarse, y tenía que acudir a una cita de trabajo. Iba a presentar un proyecto a los creativos de una agencia de comunicación, era importante para ella, y llegó, como siempre, con tiempo de sobra.

Aparcó en un angosto parking subterráneo en plena Castellana, cerca del edificio al que se dirigía, en la calle Marqués de Villamagna, a la vuelta de la esquina. Aún no eran las seis de la tarde y había quedado a y media.

Cuando empezó a subir por la estrecha acera lateral de la rampa del aparcamiento, algo que solía hacer en vez de salir por la escalera peatonal, oyó el rumor de un motor a su lado, demasiado cerca, y unos apresurados pasos que se acercaban por detrás. De improviso, un hombre la agarró y tiró de su brazo con violencia mientras intentaba empujarla dentro de un coche negro, grande y sucio, no se fijó en nada más, con un gran portón lateral abierto. El espanto le heló todo el cuerpo, y se estremeció. Es complicado saber manejar esa excitación, ese brutal desasosiego.

Se zafó como pudo y, tras darse un golpe contra el auto, cayó al suelo. Notó cómo se le partía uno de los tacones. La desesperación, lejos de paralizarla, hizo que reaccionara velozmente, con agilidad; Patricia solía hacer deporte, estaba fuerte, en buena forma. Se liberó de su agresor, se quitó el otro zapato y le sacudió con el tacón en la cabeza, que llevaba cubierta por un pasamontañas.

Avanzó primero a gatas cuesta arriba, desollándose las rodillas y las manos, luego se incorporó y corrió, cual alma a la que lleva el diablo, tanto como pudo.

El coche aceleró y se abalanzó amenazante tras ella como si fuera a atropellarla, pero no lo hizo, aunque hubiera sido muy sencillo. El individuo que la había atacado aún la agarró por la gabardina y tiró de ella con fuerza, pero Patricia consiguió quitársela. El delincuente se quedó con la prenda en la mano, tropezó y cayó hacia atrás dándole unos segundos muy valiosos. Todo sucedió en un santiamén, a tal velocidad que le costaba recomponer los detalles. La escena se difuminó en esos instantes de pánico. Gritó y gritó sin dejar de correr, ni siquiera supo exactamente qué había dicho, tal vez «socorro», o simplemente eran angustiosos aullidos de terror.

Justo arriba de la cuesta, sin bloquear del todo la salida, un taxista acababa de parar para que bajara un cliente. Los dos oyeron los chillidos de la mujer y se alarmaron de inmediato.

Ella se abalanzó pidiendo ayuda sobre el hombre que acababa de salir del taxi y después se lanzó dentro del vehículo, por la puerta aún abierta, buscando refugio.

Su agresor se topó bruscamente con el pasajero, y tras chocar con él abandonó la persecución y subió rápidamente al coche para escapar.

En ese momento el taxista, que había sacado una barra de hierro de debajo del asiento, aporreó con fuerza la ventanilla lateral del coche de los delincuentes; el cristal se resquebrajó pero no se rompió.

En su enloquecida fuga, los malechores golpearon la parte trasera del taxi y chocaron con otro automóvil que pasaba por la calle, pero al final huyeron. La policía empezó a recibir llamadas de inmediato. Patricia estaba fuera de sí, completamente trastornada, aterrorizada.

No tardaron en llegar varias patrullas y también una unidad del SUMA para atender a los posibles heridos. A ella le administraron un ansiolítico y al poco empezó a sentirse algo mejor. También curaron sus rasguños y los de sus salvadores. Por fortuna, poca cosa.

Ahí empezó todo. Tras ese desagradable y fugaz episodio, su vida se alteró, cambió posiblemente para siempre. A veces suceden cosas así.

Algunos lo llaman destino.

El suceso pronto generó un tremendo caos en el carril lateral del paseo de la Castellana. Hubo que cortarlo y montar un cordón policial para mantener alejada a la turba de curiosos que acudieron como insectos a la azulada luz de las sirenas.

Cuando los policías comenzaron a interrogarla allí mismo, se dieron cuenta de que Patricia del Castillo Oriol no era cualquiera: se trataba de alguien importante, una personalidad, una *celebrity* hija de una familia aristocrática, muy rica e influyente, ya que su padre era marqués. La joven era de las que se codean con lo más granado de la *jet set*, amiga de la reina Letizia y de Don Felipe. Una «soltera de oro» de la «milla de oro» de Madrid, de esas que a veces salen en la tele, en las refinadas revistas de moda y en las del corazón. Los policías seguramente pusieron más cuidado y más empeño en atenderla y tranquilizarla que en averiguar qué había pasado allí realmente.

Poco después, la trasladaron en un coche hasta la BPI, la Brigada Provincial de Información, en Moratalaz. Allí, algo más serena, después de denunciar formalmente lo sucedido, contó a los investigadores los detalles que recordaba, que eran pocos; y también que llevaba un par de meses sufriendo el acoso de un loco que le enviaba correos electrónicos y dejaba mensajes en su blog y en las redes sociales en las que estaba registrada. Era muy activa en internet, donde acumulaba decenas de miles de seguidores. Pero no lo denunció, aunque sus padres se lo pidieron muchas veces. Tendría que haberlo hecho sin dudar, ya que el suceso, quién sabe, podía estar relacionado. Aquella idea resultó sobrecogedora y le puso la piel de gallina. La información y todas las contraseñas para acceder a sus aplicaciones y a su blog se pasaron de inmediato a la BIT, la Brigada de Investigación Tecnológica; el acosador no tardaría en caer, darían con una dirección IP y con quien estuviera detrás de eso.

Sus padres estaban al llegar, le aseguraron, y, mientras, una agente le trajo un té con unas pastas. La policía empezó a trabajar sobre el terreno haciendo pesquisas, buscando vestigios, recabando detalles que pudieran ayudarlos a detener a esos indeseables. Aunque montaron un gran operativo en el centro y en las principales salidas de la capital para atraparlos, no dio resultado, la malla policial no surtió efecto. No había rastro de ellos.

Vista de lejos, a distancia, sin conocerla bien, sin ir más allá de la imagen que proyectaba en sus perfiles en la red, en las fotografías y en sus apariciones públicas, seguramente se podía pensar que Patricia del Castillo era la típica niña pija millonaria que pasa su vida despreocupada saltando de fiesta en fiesta, de cóctel en cóctel, de desfile en desfile; una de esas blogueras de cerebro hueco preocupada por qué modelito ideal iba a ponerse para despertar admiración y envidias, y por poco más. Pero no, ella era mucho más. Se resistía a ser considerada simplemente eso, y lo estaba consiguiendo aunque no fuera fácil. A veces cuesta mucho librarse de la carga de los estereotipos, de los juicios gratuitos y precipitados, de la pelusa y la ojeriza de mucha gente, aún más en un país como España.

Había estudiado biología y ciencias empresariales, entre otras cosas, y todo de forma impecable. Siempre fue de matrículas de honor, desde pequeña. Pero tomó otros caminos profesionales, se lo podía permitir. De hecho, se podía permitir lo que quisiera, incluso no hacer absolutamente nada.

Era rubia, alta y esbelta, muy hermosa, de ojos verde botella, un extraño color nocturno y profundo que cambiaba según la luz. Era realmente distinguida y estilosa, una mujer refinada, muy especial. Tenía ese *charme* que muy poca gente posee.

Había desfilado y posado como modelo muchas veces, algo que solo se tomaba como un juego, como un divertimento y una oportunidad más de experimentar, de viajar, de aprender, además de como una fuente de ingresos que saciaba su necesidad de independencia.

Era una mujer esforzada, inquieta y ambiciosa; por eso decidió que no dependería económicamente de su familia, aunque su red protectora siempre estuviera allí y eso le proporcionara una reconfortante y total seguridad. Desde muy jovencita se puso a trabajar. Montó su empresa, una consultoría de comunicación, moda y estilo, que no tardó en funcionar bien. También creó su propia marca de ropa y complementos que vendía a través de su exitosa página web. Poco a poco, con esfuerzo, iba ganándose el respeto y la notoriedad en ese complejo mundillo. Era embajadora de algunas marcas importantes y también se dedicaba a promocionar la moda de España en el extranjero. Era eficiente, astuta, inteligente, práctica y decidida para los negocios, hiperactiva muchas veces (aunque en otros aspectos de la vida se permitiera ser más serena); una chica fantasiosa e ingenua, divertida, caprichosa, a veces algo naíf en muchas de sus ideas y en sus planteamientos.

Aparte de eso, se dedicaba a viajar constantemente por el todo el mundo, a veces por compromisos profesionales; a veces, por mero placer.

A Patricia le gustaba sentirse segura, al menos imaginar que lo estaba. Era una necesidad, y aquel incidente, aquel extraño episodio del intento de secuestro, le había quebrantando por completo el ánimo. Estaba descolocada, el *shock* había sido brutal. Su vida solía transcurrir siempre plácida y estable, y ella adoraba la paz y la estabilidad.

Ni siquiera se le había pasado por la cabeza que alguien pudiera intentar hacerle daño de forma premeditada, que pudiera haber gente tan mezquina merodeando a su alrededor, con el punto de mira puesto en ella o en sus seres más queridos.

Eso les estaba comentando a los policías que estaban con ella, mostrándole fotografías de posibles sospechosos, cuando por fin llegaron sus padres. Se abrazó a ellos y solo entonces rompió a llorar de verdad, con ganas, desahogándose, cobijada entre sus brazos como una niña pequeña. Junto a los familiares llegó otro policía, el inspector jefe Damián Fuentes, así se presentó. Una vez que todos se hubieron sosegado, el poli que acababa de aparecer quiso hablar de nuevo con ella sobre lo acontecido. Habían pasado ya varias horas desde el suceso y Patricia estaba exhausta, así que le prometió que no tardaría demasiado.

Ella había repetido ya varias veces lo poco que recordaba, pero comprendió que era necesario hacerlo una vez más. No consiguió apenas ver a sus agresores, ya que los dos llevaban el rostro cubierto con un pasamontañas, algo que habían confirmado los demás testigos. Tampoco vio bien el coche en que intentaron meterla, era negro o gris oscuro, muy sucio, cubierto de polvo, alto y grande, con un gran portón lateral. Por los demás testimonios dedujeron que se trataba de un Citroën C8. Poco más. La matrícula que tomaron no pertenecía a ese modelo, o los testigos estaban equivocados o era falsa.

El inspector Fuentes no se anduvo con rodeos, no

disimuló su preocupación y les hizo entender que lo sucedido era de extrema gravedad. Patricia corría alto riesgo de secuestro, estaba claro, era una víctima propicia y tentadora dada su posición social y económica, no había que tomárselo a la ligera.

—Seguramente esos dos buscaban dinero, pedir un rescate por usted —le dijo hablando con serenidad, con una voz profunda y hermosa.

Damián Fuentes era cordial, atento, bien educado, parecía muy seguro de sí mismo y consiguió calmarlos a pesar de las circunstancias. Era un curtido inspector que llevaba ya muchos años en la BPI, parecía saber mucho de ese tipo de delincuencia. Era alto y apuesto, fortachón. Moreno y con barba de varios días, de mirada limpia, ojos pequeños y manos grandes. Parecía muy avispado, más que los otros, más intuitivo, más preparado para afrontar la situación. Posiblemente.

Debía de tener poco más de cuarenta años y vestía de forma descuidada, vaqueros gastados y rotos, camisa azul celeste y encima una vieja cazadora de cuero marrón bajo la que colgaba su placa y se adivinaba la funda de la pistola. También llevaba unas preciosas botas. Patricia se fijaba siempre en esas cosas. Aun en esa situación, en ese escenario, escudriñó a su interlocutor analizando su estilo; el suyo era cuidadosamente *casual*, muy acertado, sentenció para sí.

Desde el primer instante, aquel hombre le pareció interesante, muy atractivo, aunque no fuera el momento de pensar en esas cosas ni tuviera ganas de hacerlo. Así que le sorprendió, ya que ella no era muy dada al galanteo; no solía toparse con hombres que realmente llamaran su atención, y aquel lo había hecho.

El agente fue extraordinariamente amable con ella y con sus padres. Antes de que pudieran irse a casa, les dio algunos consejos, algunas pautas sobre lo que debían hacer en los siguientes días, en las siguientes semanas. Aclararían todo ese embrollo y tarde o temprano darían con esos matones, podían estar seguros. Pero hasta ese momento, les advirtió, era conveniente que Patricia estuviera bien protegida. Se refería a estar vigilada y escoltada las veinticuatro horas. Podía parecer algo excesivo e incómodo, y lo era en cierto modo, pero, en su opinión, resultaba imprescindible. Si habían intentado raptarla de esa forma tan burda y precipitada, a esa hora del día, en ese lugar, solo podía significar dos cosas: o bien eran muy profesionales y tenían prisa por hacerlo a toda costa, despreciando cualquier riesgo, o bien eran unos torpes, unos chapuceros, un par de delincuentes de tres al cuarto. Ya se vería.

Llegados a ese punto, el padre de Patricia intervino tajante:

—No escatimaremos en gastos, mi hija tendrá los guardaespaldas que sean necesarios.

—Hay otra posibilidad —comentó el inspector Fuentes con prudencia—: ustedes parecen personas muy influyentes, seguramente con amigos importantes, tal vez deberían solicitar durante un tiempo que agentes de la Policía Nacional o de la Guardia Civil escolten a la señorita Del Castillo. No es lo habitual, estaría un tanto fuera de la norma, pero a veces se hacen excepciones con empresarios o magnates amenazados por organizaciones terroristas u otros grupos de delincuencia organizada. No podrá prolongarse mucho tiempo, tal vez un mes o dos, pero sería lo mejor. Si lo desean, ya que pueden costeárselo, podrían contratar además los servicios de una empresa privada de seguridad —les dijo—, pero ella estaría más segura bajo la protección de unos cuantos policías profesionales y experimentados.

Tanto Patricia como sus padres estuvieron de acuerdo, aunque el consejo del inspector resultara tan inquietante. Todo era inquietante.

Él se ocuparía de todo, les prometió el inspector Fuentes. Los llamarían por la mañana, ya que aún quedaban algunos trámites que cumplir.

Bajó con ellos en el ascensor y los acompañó hasta la puerta.

Se despidió de los tres no sin antes asegurarse de

que un par de coches patrulla los escoltaran hasta su casa, donde estarían toda la noche de vigilancia.

—Hablen con quien tengan que hablar —les sugirió—, yo también voy a mover lo que haga falta para que la señorita Del Castillo pueda sentirse segura —les tranquilizó—. Mañana ultimaremos con ustedes los detalles de la protección, todo se hará ocasionándoles las menores molestias posibles. Ahora vayan a descansar —les recomendó con gentileza.

Cuando Damián volvió a subir, el ascensor aún olía a ella, a su maravilloso perfume, una seductora fragancia de gardenias que se le quedó grabada en el olfato y en el alma.

Se puso a trabajar en el asunto de inmediato, había muchas incógnitas por desvelar, pero también mucho papeleo que hacer, mucho formulario que rellenar, muchas teclas que tocar, como de costumbre. Odiaba toda esa burocracia, era lo único que no le gustaba de su trabajo.

Ya de madrugada, mientras tomaba el enésimo café con uno de los compañeros que le estaba ayudando, sintió una extraña sensación, una especie de inquietud desconocida al pensar en ella, en esa joven del intento de secuestro. Buscó en Google algunas imágenes de la chica y aparecieron centenares. Era bellísima. Aunque eso siempre puede ser subjetivo, sin duda aquel era el ser más bello que él jamás había contemplado. No podía quitársela de la cabeza ni pudo evitar comentarlo con su colega. Tenía necesidad de hablar de ella, de sentirla presente allí de nuevo, de algún modo.

—¿Te has dado cuenta? —le dijo con entusiasmo—. Mira, ¿has visto qué mujer tan preciosa esa Patricia? —insistió.

—Pues a mí no me parece que sea para tanto. Una pija un poco flaca para mi gusto, me gustan más macarras y más rellenas, con más tetas —le contestó el otro bromeando.

Ahí lo dejaron.

Damián aparcó el trabajo sobre las tres de la madrugada. Arrancó su moto, se puso el abrigo, el casco y los guantes y se marchó a casa sin dejar de dar vueltas al asunto, sin dejar de pensar en esa chica. No era consciente de que aquello, aquella inesperada turbación, no había hecho más que empezar. Desde aquel atardecer, ya nunca volvería a ser el mismo. Igual que contraemos un catarro o una gripe de forma fortuita e inesperada, Damián se había contagiado de ella, se había enamorado de ella sin remedio. Aún no podía imaginar hasta qué punto, ni que la «enfermedad» sería mucho más grave de lo imaginable.

2

El comisario José Marín acababa de cumplir seis décadas en este mundo y cuarenta años de servicio en la Policía Nacional; la mayoría de ellos, destinado en homicidios. Aún le consumía el veneno de la intriga, del crimen por resolver. Ardía en deseos de investigar, de cazar a los malos por las buenas o a las bravas. Disfrutaba al hacer las preguntas precisas a un presunto criminal para desenmascarar sus mentiras, para sacar a la luz la verdad, los hechos, encajar las piezas de toda una historia por descubrir, por macabra que fuera. En eso consistía su trabajo, en saber mirar y preguntar. En observar y escuchar siempre con perspicacia. Y nada le gustaba más que eso. Esa era su única pasión, toda su vida. Pensar en dejarlo algún día suponía un mal trago para él.

Unos días antes, el primer día de octubre, le cayeron los sesenta y estaba bastante decidido a jubilarse, pasar a lo que ellos llamaban «segunda actividad». Sus hijas llevaban mucho tiempo suplicándole que lo hiciera; tenía tres chicas, y tres nietos de las dos primeras, aún le faltaba casar a la pequeña.

Aquel martes se levantó mucho más temprano que de costumbre. Se afeitó con parsimonia, ensimismado, rasurando lentamente y con precisión la curtida piel de su rostro. Luego se vistió con el sólito traje gris, la camisa blanca y la corbata oscura, como siempre. Se calzó sus viejos y cómodos zapatos y se ajustó bien el cinto y la sobaquera. Revisó el arma con gesto rutinario y la metió en su funda bajo la axila. Antes de guardar la placa en el bolsillo interior de la chaqueta, la abrillantó frotándola en la manga tras echarle el aliento, como siempre, todo eso formaba parte del ritual.

Estaba listo para irse al tajo una vez más, ¿la última vez? Lo suyo era hacer la calle, como las putas, por muy comisario que fuera. Detestaba estar encerrado en el despacho. Ser policía era más que una profesión para él, aunque a veces se sintiera harto de algunas cosas, harto sobre todo de que le hicieran sentirse harto.

Llovía a cántaros cuando salió del portal. Las gotas golpearon con fuerza en el paraguas al abrirlo. Había diluviado toda la noche y el día amanecía borrascoso, de un brillante gris oscuro, como su ánimo.

Para José, aquella mañana de otoño no iba a ser una

mañana cualquiera. No estaba convencido, pero lo haría por sus hijas. Tal vez tuvieran razón, posiblemente ya había trabajado más que suficiente. Según ellas, era el momento de dedicarse de una vez a disfrutar de la vida y de sus nietos. Sobre todo eso, «de los nietos», pensó con irónica malicia; pero tal vez sería lo mejor. Había que tener agallas para hacerlo, pero a él le sobraban, siempre le habían sobrado.

En vez de coger el coche o el autobús, como solía hacer, caminó despacio hasta la sede de la Jefatura Superior de Policía de Madrid, en la calle Federico Rubio y Galí; él vivía en Francos Rodríguez, no demasiado lejos. Llevaba muchos años ya en la Brigada Provincial de la Policía Judicial, al frente del Grupo Quinto de Homicidios. Su trabajo era su verdadero hogar.

Caminó mirando sus pasos y sin dejar de darle vueltas al asunto, al trago de tener que entregar la placa y la pistola. Se le encogía el estómago con solo pensarlo. ¿Todo iba a terminar? Todo lo que había sido su vida, su única y verdadera vida.

Nada más entrar en el edificio notó cierto ambiente de premura, pudo olerlo: algo especial había pasado. Uno de los agentes de servicio en la puerta le avisó de que el comisario principal, Antonio Amargo, quería verle de inmediato, en cuanto llegara. Le estaba esperando en su despacho. Imaginó que quería hablarle del asunto de la jubilación, podía ser.

Antonio era su jefe inmediato, sabía de sus intenciones y estaba dispuesto a impedirlo. Consideraba a Pepe, como siempre lo llamaba, un buen sabueso, uno de los mejores que había conocido. Llevaba tiempo pensando en cómo disuadirle y esa mañana, por «fortuna», posiblemente había encontrado la forma de hacerle cambiar de idea. Lo conocía bien, estaba casi seguro de ello. Tan pronto como Marín llamó a su puerta, Amargo se levantó de un brinco y le pidió que le acompañara.

—Venga, Pepe, nos vamos —le dijo—, ven conmigo. Lo que ibas a hacer va a tener que esperar, esto es muy urgente. Te he llamado un par de veces, pero, como de costumbre, saltaba el contestador; ¿para qué te sirve el móvil si siempre lo tienes perdido por ahí o apagado? Ha surgido algo que te va a interesar. Seguro. ¡Vamos!

Al parecer, era todo un enigma y un gran escándalo. A José Marín se le iluminaron el rostro y los ojos. «Pero ¿cómo coño puedo siquiera plantearme dejar de sentir esto?», pensó mientras bajaban en el ascensor.

Abajo, en la puerta, los esperaba ya un coche de la secreta, un Renault Megane azul oscuro un tanto desvencijado.

—¿De qué se trata? ¿Adónde vamos? —preguntó José, impaciente.

—Ahora te lo cuento —respondió su jefe.

Tan pronto como subieron al coche, el policía al volante aceleró a fondo y salió haciendo chirriar las ruedas mientras pegaba en el techo el pirulo magnético y hacía sonar la escandalosa sirena: el tráfico ya era una locura. Por el camino, Amargo fue contando a Marín lo que sabía. Se trataba de un asunto «goloso». Un asesinato en Legazpi, cerca de la glorieta de Embajadores: en un piso de la calle Sodio número 15 había aparecido una jovencita muerta.

Hasta allí volaron abriéndose paso entre los atascos que a esa hora ya colapsaban las calles del centro. ¿Cómo diablos pretendían sus hijas que dejara de vivir eso, de emocionarse de ese modo?, pensó José. Nada le gustaba más que el subidón de adrenalina que le producía estar de servicio, el aullido de las sirenas, las voces metálicas y los pitidos de la emisora, el reflejo de las luces azules girando alrededor.

Poco a poco, Amargo le fue dando más detalles.

—Podría tratarse de un caso de violencia de género, aunque nada está claro aún. Lo único seguro es que el asunto dará mucho de qué hablar. El único sospechoso, al que han pillado *in fraganti* en la escena del crimen, y que ya está detenido, es un popular presentador de televisión. Seguro que lo conoces —añadió Amargo—.

¿Conoces a Ramiro Campanas?, ¿sabes quién es? El del concurso «La ruleta de la fortuna».

—¿Hostias!, claro que lo sé. Todo el mundo conoce al bueno de Ramiro... Pero ¿qué me estás contando? ¿Cómo es posible?

—Cuando salte la noticia, José, va a ser todo un bombazo —comentó Amargo, satisfecho y emocionado, feliz de tener entre manos uno de esos casos que enloquecían a la prensa, a todo tipo de prensa—. El revuelo, sin duda, será tremendo.

No tardaron mucho en llegar. Todo había sucedido en una de esas deprimentes y enormes corralas de viviendas que hay en la zona, uno de esos edificios modernos con un sinfín de pisos alrededor de unos jardines y una cutre piscina comunitaria.

Los primeros que habían acudido, todavía de madrugada, habían sido dos policías de la comisaría de Arganzuela, ellos recibieron la primera llamada, anónima y hecha desde una cabina. Al llegar al lugar y comprobar la gravedad del suceso, habían dado parte a la sala del 091 y estos a su vez avisaron a los de la Judicial.

Varios coches patrulla estaban ya en la puerta y varios agentes custodiaban los accesos y las posibles pruebas que pudiera haber en la escena del crimen.

—Los de la Científica ya están aquí, comisarios, y acaba de llegar también la comisión judicial. Ha sido en un apartamento del primer piso, yo los acompaño —se ofreció un sargento uniformado que esperaba a la entrada.

Tras recorrer un laberinto de pasillos, llegaron al escenario del asesinato. Allí estaba, aún tendida, la víctima, María Yeste Collado, una chica muy joven, rubia, alta y bonita, a la que habían golpeado de mala manera. Yacía bocabajo en una pose grotesca, con las piernas aún sobre la cama y el torso y la cabeza en el suelo, con el rostro sobre un gran charco de sangre que seguramente había salido de la nariz y la boca.

No habían encontrado el arma: algún objeto contundente con el que al parecer habían atizado a la joven, que recibió un golpe mortal en el lado izquierdo de la cabeza, a la altura de la sien. Uno de los agentes examinaba detenidamente el rostro de la chica, entre amoratado y lívido; otro tomaba las macabras fotografías de rigor.

En la supuesta refriega, el cuerpo debió de caer y quedar así, en esa postura imposible, ¿cómo saberlo? Ya lo averiguarían. En una mesilla de noche había un cenicero rebosante de colillas y una bolsita con restos de marihuana.

Cuando hallaron el cuerpo, a su lado se encontraba el principal sospechoso, el presunto asesino y supuesto amante, que ahora estaba sentado en un sofá al fondo de la habitación, en una esquina, esposado con las manos a la espalda y cabizbajo, aturdido, aterrorizado, paralizado y temblando de miedo. Marín lo reconoció de inmediato: tenía ante él uno de los rostros más familiares de la tele.

Por lo poco que sabía de él, por su aspecto, Ramiro parecía un buen hombre. Uno de esos que cae bien a todo el mundo. Sabía ganarse a la gente con su talante bonachón; además era muy ocurrente y simpático, siempre natural frente a las cámaras, lo que le hacía muy querido por los espectadores. Un tipo que lo tenía todo para ser feliz: fama, dinero, el cariño y el respeto del público, buenos amigos y compañeros, una familia maravillosa, una bella mujer y dos hijas preciosas. Un hombre que jamás debería haberse metido en semejante fregado.

A sus cincuenta y cinco años y con todo pagado, se podía decir que estaba en su mejor momento. Era un triunfador, toda una estrella de la pequeña pantalla. Llevaba décadas en la televisión y había hecho de todo desde su juventud: informativos, programas de entrevistas, musicales, de variedades, especiales navideños y de Nochevieja, doblaje de películas, anuncios publicitarios... Llevaba ya unos años conduciendo ese concurso diario un tanto hortera pero de enorme éxito y en horario de máxima audiencia. Todo el mundo sabía quién era Ramiro Campanas, el impacto de la noticia iba a ser brutal.

José Marín se quedó muy impresionado y pensativo mirando a aquel tipo que sollozaba en silencio, infinitamente desesperado. ¿Qué siniestras circunstancias le habrían llevado a verse metido en esa tétrica y extrema situación? En tantos años de carrera había tratado con todo tipo de delincuentes, con maleantes de mil especies distintas, pero jamás se había enfrentado a algo así, a un supuesto asesino famoso.

«Como los polis norteamericanos con el caso O. J. Simpson pero a la española. Así que la jubilación tendrá que esperar, sin duda», se dijo mientras cruzaba una mirada cómplice con Amargo. Este se la devolvió acompañada de una cínica sonrisa y guiñándole un ojo: ya se sabía ganador de esa mano; Marín no se iría, no rechazaría una investigación tan apetitosa.

En efecto, así era. Aquel podía ser el caso que llevaba toda la vida esperando. Tenía pinta de tratarse de algo realmente muy complejo, como a él le gustaba. Aunque en apariencia todo acusara a ese pobre hombre, su olfato le dijo enseguida que no había sido él, aunque las evidencias en su contra eran tantas que iba a ser extremadamente complicado demostrarlo.

Marín se acercó despacio al sospechoso. Preguntó al agente que lo custodiaba si ya le habían leído sus derechos y le pidió que, por favor, lo esposara con las manos por delante en vez de a la espalda, así sería menos humillante y estaría algo más cómodo; ese hombre era inofensivo.

Se presentó al detenido, encendió un pitillo y se lo ofreció.

Ramiro Campanas lo tomó desconcertado.

—¿Puedo fumar aquí dentro?

—Dele, dele —le animó el comisario.

Mientras Ramiro daba al cigarrillo unas profundas y ansiosas caladas, Marín quiso charlar con él un rato, ya que no tardaría en aparecer algún abogado jodiéndolo todo. Los de la Policía Científica, el forense y el juez de guardia ya hacían su trabajo, en breve autorizarían el levantamiento del cadáver y llegarían los de las bolsas blancas.

—¿Ha hablado ya con su abogado? —le preguntó—. Seguro que el suyo es de los buenos, ¿no?; usted puede pagárselo, no necesitará uno de oficio.

—Sí, venía para acá, eso me han dicho, no lo sé —le respondió titubeante y sollozando, con la boca seca, apenas podía hablar.

Marín pidió que alguien le trajera algo para beber y casi al instante un agente le dio un vaso de agua.

—¿Ha llamado usted a algún familiar? —quiso saber Marín—. Es un mal trago pero debería hacerlo.

El hombre negó con la cabeza sollozando de nuevo.

—Ahora, en un rato, los compañeros lo llevarán a las dependencias policiales, allí podrá hacerlo antes de entrar en el calabozo. ¿Quiere usted contarme algo? ¿Se siente usted capaz de explicarme qué ha pasado? —le preguntó Marín.

Ramiro Campanas miró a Marín de forma indescriptible, con la mirada más afligida y desesperada que había contemplado. Como quien corea un mantra delirante, repetía sin cesar que él no había sido. Hablaba enajenado, eso le pareció, fuera de sí, pero con absoluta sinceridad. Marín sabía detectar la mentira. El hombre no dejaba de gimotear, de susurrar una y otra vez que era inocente. Muy probablemente lo era. Ni una palabra de esa confesión tendría valor jurídico, pero Marín siguió indagando, el hombre estaba derrumbado y era fácil tirar un poco más del hilo antes de que apareciera el picapleitos y el detenido declarara ante el juez.

—Todo ha sido fruto de una enorme fatalidad —le confesó desquiciado—, de una cadena de estupideces y casualidades. Hace apenas un año que conocí a María, y convirtió mi vida en una pesadilla. Sucedió en el trabajo. La primera vez que la vi fue en el plató del programa, donde ella trabajaba como ayudante de realización, y a veces hacía de regidora. Antes nunca me había fijado en ella. Era preciosa, su exuberancia me llamó la atención y ella terminó por darse cuenta.

»Una cosa llevó a la otra. Algunas miradas, algunas sonrisas, algunas bromas, algunos coqueteos inocentes, hasta que con una absurda excusa intercambiamos números y empezamos a mandarnos mensajes por WhatsApp. Primero unos cuantos, pocos, luego empezamos a mantener largas charlas, a mandarnos mensajes de voz, a hacer llamadas. El flechazo inicial se convirtió en una loca pasión, en deseo irrefrenable.

—Supongo que ser rico, famoso y bien parecido le habrá abierto muchas posibilidades con las mujeres —comentó Marín.

—Pues sí, la verdad, de las más diversas edades, aunque yo jamás hasta entonces me aproveché de ello para conquistar a ninguna jovencita. Pero con María fue distinto, me impactó profundamente por todo. Era una chica lista, dulce y muy apasionada.

»Así sucedió lo que jamás debería haber sucedido: me enamoré de ella como un chiquillo, de forma inevitable. El tierno tonteo se tornó en romance y ella se convirtió en mi amante en toda regla, en un lío de mil demonios. De la noche a la mañana empecé a salir a escondidas con una mujer veintisiete años más joven que yo, engañando a mis compañeros, a mi mujer, a mis hijas, a toda mi familia y a casi todos mis amigos.

»Intenté en todo momento llevarlo en absoluto secreto, vivirlo como una peligrosa fantasía en tres dimensiones, nada más, aunque deseara con todas mis fuerzas gritar al mundo entero que amaba a esa mujer maravillosa. La fama y un romance furtivo son dos cosas bastante incompatibles. Sabía que tarde o temprano podrían descubrirnos, y que eso sería el caos para mí. Pero me encapriché de tal modo que a veces llegaba a no importarme. Nunca antes había sentido nada similar, tan hondo y apasionante. Pero era un mal momento, una mala edad para vivir aquel desliz, para amar a destiempo y a escondidas.

El hombre comentó que se veían pocas veces fuera del trabajo, de cuando en cuando salían a comer o a cenar; a veces compraban unos bocadillos y almorzaban en El Retiro, bajo un enorme y recóndito árbol rodeado de arbustos, que se convirtió en silencioso testigo de sus arrumacos y palabras de amor.

Algunas veces buscaban una cama donde amarse, nunca con la frecuencia deseada. Lo hacían cuando y como podían, como dos adolescentes, de forma siempre clandestina, cometiendo a veces temeridades llevados por el deseo.

—Lo de pasar una noche entera en el piso de María solo sucedió tres veces, solo tres —recalcó desesperado.

—¿Estuvo con ella en algún otro lugar?

—Sí, en algunos de esos hoteles discretos para parejas. No hacía falta siquiera que bajáramos del coche, pasábamos por el control, una recepcionista nos atendía a través de un interfono, colocábamos los carnés en un escáner, pagábamos y nos daban la llave y el número de la habitación. Entonces la barrera se levantaba y podíamos entrar con el coche hasta el garaje desde el que se accedía directamente a la habitación. Nadie podía vernos. Siempre que íbamos nos sentíamos ridículos, pero era realmente un lugar reservado.

Añadió que solo una vez la había llevado a su propia casa, durante un fin de semana en que su mujer y sus hijas estaban fuera, de viaje, y él se había quedado solo en Madrid. A pesar de todo, Campanas era un hombre de elevada moral y esas cosas le parecían el peor pecado.

—Sabía que Dios terminaría haciéndome pagar por ello, y así ha sido —añadió sollozando—. Fue una felonía terrible, una mala experiencia. Pero en total no fueron más de veinte noches juntos.

—Pero siguieron viéndose...

—Sí, pero ninguna de esas veces fue del todo satisfactoria, nunca estábamos del todo tranquilos; al menos yo nunca lo estaba, porque el sentimiento de culpa me torturaba cada vez que lo hacía. Era un suplicio sentir a la vez tanta felicidad, un amor tan inmenso, y un desasosiego y un arrepentimiento tan profundos.

»Era un martirio saber a ciencia cierta que aquel loco amor nunca llegaría a buen puerto, ya que yo no tenía la más mínima intención de romper con mi mujer y destrozar mi preciosa familia, de acabar con todo lo que teníamos. María, sin embargo, albergaba la esperanza de salir victoriosa, si es que eso se puede llegar a pensar en estos casos. Nunca nadie suele ganar. A la vez, yo no podía dejar de vivir aquello, con toda la frenética y angustiosa intensidad que suponía. Amaba a esa chica como si no hubiera un mañana, como si el mundo fuera a acabarse en cualquier momento. La amaba con absoluta locura... ¡Pero le juro que soy incapaz de hacer algo así, de matar a alguien! —gritó el hombre, con desesperación.

—Entonces, ¿qué cree usted que puede haber pasado? —le preguntó Marín.

—Es difícil de explicar, estuvimos en la cama toda la tarde. Sobre la medianoche nos entró un hambre atroz, la nevera estaba vacía y decidí salir a buscar algo para cenar. Una pizza, algo de comida china, un poco de sushi, unas hamburguesas, cualquier cosa. De paso compraría tabaco, que andábamos escasos. Y eso hice. Me despedí de ella con un beso y la dejé allí en la cama, medio desnuda. Ni siquiera me entretuve demasiado, di un par de vueltas con mi escúter buscando por la zona y al final decidí comprar unos bocatas de calamares y unas latas de cerveza en el bar Diamante, arriba, en Atocha. Estaban a punto de echar el cierre, pero los camareros me reconocieron y me atendieron encantados, ya sabe, pequeños privilegios de la fama. Incluso se hicieron algunos *selfies* conmigo, puede comprobarlo.

—¿Cuánto tiempo tardó en ir y volver? —quiso saber el comisario.

—No más de tres cuartos de hora. Cuando regresé al apartamento me encontré con la lúgubre escena. Al ver que estaba muerta, casi me da un infarto, casi me quedo muerto aquí mismo también yo; de hecho, creo que he sufrido un leve desmayo. Un policía me ha contado que por lo visto he hecho una llamada al 112 desde aquí, una llamada que han desviado al 091; aunque yo no recuerdo nada...

Tras someter a Ramiro Campanas a ese breve y amable «interrogatorio», Marín se sintió aún más confuso e interesado en resolver aquel enigma. Fue entonces cuando apareció su abogado y de inmediato ordenó a su cliente que cerrara la boca, que no dijera ni una palabra más.

Metieron los restos de la chica en una bolsa, cerraron la cremallera y se la llevaron al furgón.

Poco después de que los de la morgue retiraran el cuerpo de su amante, a Campanas lo trasladaron hasta un calabozo de la brigada donde quedaría a disposición judicial.

Fuera esperaba un hervidero de gente. Antes de salir, un policía le echó por encima su zamarra y le tapó la cabeza: mejor que el gentío no viera de quién se trataba. Marín se despidió de él y luego se quedó un rato en el piso de la chica a echar un último vistazo.

En la puerta de entrada al patio interior, el revuelo era ya enorme, numerosos vecinos y curiosos se agolpaban para enterarse de qué había ocurrido, cada vez había más fisgones. Y ya empezaban a arremolinarse los periodistas, los fotógrafos y alguna cámara de televisión. Su olfato, tal vez, también les decía que allí había algo gordo. El escándalo no tardaría en saltar a los medios.

Al día siguiente, el juez decretó el ingreso en prisión de Ramiro Campanas y lo trasladaron a la cárcel de Valdemoro. Pintaba mal para él. Le podían caer veinte años, como poco; ahora quedaba esperar que se celebrara un juicio, que, sin duda, sería el más mediático de las últimas décadas en España.

José Marín tendría que darse prisa en encontrar algo que pudiera salvar a ese pobre tipo. Había algunos puntos que no estaban claros. Le pediría a su buen amigo y compañero Damián Fuentes que trabajara con él en ese asunto, conseguiría que el jefe de la BPI se lo cediera un tiempo. Lo primero sería investigar a fondo a la fallecida y a su entorno. Tal vez ahí encontrara alguna de las claves. Aunque en principio no parecía haber nada raro en la vida de María Yeste Collado. Era solo una chica de veintisiete años normal y corriente, nada más. Pero nunca se sabe: donde menos lo esperas puede aparecer la luz que despeje las tinieblas.

3

La gente se enamora, a veces con demasiada facilidad. Decir eso de cualquier persona puede resultar bastante intrascendente, una posibilidad de lo más normal, pero tratándose de Damián no, para nada: era el hombre menos enamoradizo de la Tierra, lo que curiosamente le añadía atractivo extra ante las mujeres. No era duro ni se lo hacía, simplemente no buscaba, no ansiaba, no deseaba experimentar esos sentimientos, detestaba el compromiso amoroso, no quería una pareja, no le apetecía lo más mínimo salir con una mujer de forma habitual. No quería noviazgos, no quería sentimentalismos ni ñoñerías, no quería ataduras, no quería sentir la más mínima inquietud para bien ni para mal a causa de una mujer, por muy atractiva que fuera, por mucho que pudiera desearla.

Cuando anhelaba sexo sabía dónde encontrarlo, no iba de putas pero sí tenía un par de amigas coladas por él con las que de vez en cuando saciaba su apetito, sin más, sin tener que fingir un «Te quiero», sin tener que quedarse a dormir abrazado a ellas. Sexo, solo sexo. A veces resultaba triste, pero por otra parte así estaba bien.

Le gustaba vivir solo, hacer lo que le venía en gana, entrar o salir a su antojo, trabajar cuando y cuanto quería, sin descanso casi siempre, no tener que llegar a ninguna hora, no tener que dar explicaciones, poder comer o no comer, cenar o no cenar, hacer la cama o dejarla deshecha durante semanas, ordenar o vivir en el caos, limpiar o no, tener llena la nevera o vacía como un nicho, no quería preocuparse lo más mínimo por nada de eso. Simplemente vivía a su manera, y una pareja le parecía una mala opción.

De hecho, solo se había enamorado una vez; o al menos, eso creyó, solo una vez compartió su vida con una chica, durante tres años, y la cosa no pudo acabar peor. Desde entonces no había vuelto a planteárselo. No quería saber nada de amores.

Damián no hacía otra cosa que trabajar y vagar por garitos donde escuchar o tocar blues, donde tomar unos cuantos whiskies con hielo. Desde pequeño tocaba la guitarra, y tenía un grupito con Óscar y Alfonso, dos compañeros de la BPI y, además, buenos amigos, también aficionados a la música, que le daban al bajo y a la batería. De cuando en cuando quedaban en la Sala Olvido, un garito de su barrio, y daban generosas sesiones. Esa era una gran pasión para él, aunque nunca terminaba de aprender del todo y se sintiera un poco «muñón». El resto de su tiempo se lo dedicaba al cuerpo, en cuerpo y alma. Detrás de todo eso se escondía una triste historia, un doloroso pasado, aunque nunca hablara de ello. En algunas ocasiones se evidenciaba que era un hombre herido.

Y ahora se sentía pequeño y asustado, como cuando se desvelaba por la noche en su cama de la casa cuna, en el hospicio. Damián quedó huérfano siendo muy pequeño, apenas tenía tres años cuando la muerte le arrebató a su madre; no había nadie más, solo una tía que vivía lejos y que nunca se hizo cargo de él, a la que había visto dos veces en su vida, y un padre que para él jamás existió.

Caer en un orfanato a tan tierna edad fue triste, pero tuvo suerte. Nunca llegó la adopción, pero vivió bien, todo lo bien que se puede vivir en esas circunstancias. Tuvo algunos buenos amigos con los que aliviar tristezas, dos buenos tutores, sor Ángela y el padre Ángel, «madre» y «padre», así los llamaban, dos ángeles literalmente que cuidaban de él y de los otros pequeños, con austeridad pero con mimo. Eran buenas personas, lo más parecido a una familia que llegaría a conocer.

Él era buen estudiante, un niño aplicado, tranquilo y obediente, buen chico siempre, y su vida allí transcurrió serena, alegre en cierto modo. Vivía junto a una veintena de niños en una casa de una sola planta al final de la calle Capitán Blanco Argibay, grande y soleada, con las habitaciones alrededor de un patio cubierto por una parra y repleto de macetas llenas de claveles. Estuvo allí hasta cumplir los dieciocho años. Cuando llegó el momento de marchar, ya tenía decidido a qué iba a dedicarse: quería ser policía; lo supo desde muy pequeño, una clara y temprana vocación. Y a ello se puso con ahínco. Necesitaba trabajar para sostenerse y esa sería su profesión, estuvo seguro de conseguirlo desde el principio.

Encontró trabajo como camarero y alquiló un cuarto en una pensión del centro, cerca de la escuela en la que preparó las oposiciones.

Un año después, una fría mañana de enero de 1989, se presentó a los exámenes y supo que había aprobado.

Después de pasar dos años en la academia de Ávila y ocho meses de prácticas en la calle, su sueño se cumplió.

Por todo lo vivido, nunca supo demostrar sus sentimientos, así que, para él, estar enamorado era algo similar a estar enfermo, y procuraba evitarlo a toda costa.

La aparición de Patricia, que ella se hubiera cruzado en su vida, iba a suponer, para su desdicha, una insospechada hecatombe sentimental, un caos emocional para el que no estaba en absoluto preparado. Y no pasaría mucho tiempo antes de que se manifestaran los primeros síntomas de haberse prendado perdidamente de ella, aunque fuera a su pesar, y estos comenzaran a hacer estragos. Lo peor era que ya empezaba a notarlos y a negarlos, a no querer darse cuenta de su fatal estado de embriaguez amorosa.

Habían pasado cinco semanas del extraño y violento incidente de Patricia del Castillo, de su primer encuentro.

En poco más de un mes, ella se había convertido en una maravillosa fantasía. Una fantasía fallida, falsa e inestable que, sin embargo, le mantenía más vivo que nunca, seducido, despierto, esperanzado. El rostro de Patricia era el preludio de una bella canción, de un buen blues, de un poema, de la vida, toda una ilusión. Patricia del Castillo, de la noche a la mañana, había trastocado todo, absolutamente todo, era la quimera que le frustraba cada noche al acostarse y que le impulsaba cada día al despertar. No pensaba demasiado en ello pero necesitaría tiempo y valor para asumir ese fracaso, cuando llegara, que llegaría. Lo sería. Un fracaso probablemente inaplazable y seguro. Haría falta tiempo y valor para curar esa herida, y no los tenía. No para eso. La quería, era así de simple. Estúpido y simple. Se había enamorado hasta el fondo, desde el momento en que la vio, desde el primer instante. Ahora lo sabía...

Durante esas semanas junto a ella, tras ella, fue apreciando claramente la distancia que separaba sus mundos, completamente antagónicos. Comió o cenó en algunos de los restaurantes y locales más vanguardistas, chics y elegantes de Madrid, ella era muy generosa y siempre le ofrecía acompañarla. Fue a varias exposiciones en diferentes salas y museos, a dos o tres conciertos, a dos o tres desfiles de moda, estuvo con ella en spas y salones de belleza, especialmente frecuentaba uno llamado Cheska, hizo compras en algunas de las tiendas más sofisticadas y caras de la capital. Y conoció junto a ella a personajes tan dispares y destacados como Manolo Blahnik, Elsa Pataky y su marido Chris Hemsworth, Plácido Domingo y Alejandro Sanz; a varios diseñadores, de Jorge Vázquez a David Delfín pasando por Amaya Arzuaga, Gilles Ricart, Hannibal Laguna y Pedro del Hierro; modelos como Martina Klein o Laura Sánchez; fotógrafos como Peter Lindbergh o Bernardo Doral. La lista era interminable, artistas, deportistas, toreros, presentadores de televisión, escritores; era raro el día que no quedaba con alguien sorprendente; ella se codeaba con naturalidad con todo tipo de famosos y *celebrities*, con gente de primera línea.

Era miércoles y, tras muchos días grises y lluviosos, el séptimo día de octubre amaneció inesperadamente luminoso, radiante, con uno de esos maravillosos cielos madrileños de un intenso azul salpicado de pequeñas nubes en relieve, todas llenas de reflejos malvas y rojizos. Un día soberbio que, seguramente, pasó inadvertido para la mayoría.

La gente salía deprisa de los portales, subía y bajaba bordillos atropelladamente, deambulaba por las aceras esquivando a otros, absorta en las pantallas de los móviles, corría al entrar en las bocas de metro, hacía cola en las paradas de autobús. Unos buscaban taxis mientras otros desayunaban a trompicones en cafés sombríos. Miles de coches se aglomeraban ya en las calles. Un creciente rumor de hierro y fuego ensordecía a los pájaros y los espantaba. La ciudad entera se desperezaba mientras una neblina gris y mugrienta lo envolvía todo alrededor, a lo ancho y a lo alto, hasta muy arriba, a decenas de metros sobre el suelo. El sol ascendía veloz venciendo la prisa y el humo.

En un bar atestado, Damián charlaba con el comisario José Marín. Los dos desayunaban apoyados en la barra mientras los camareros iban y venían haciendo gestos frenéticos, sirviendo tazas, zumos, platos con churros, porras y tostadas...

—¿Sabes cómo me gustaría verla? —le preguntó Damián con la mirada algo perdida y un tenue brillo en los ojos. Unos ojos extraños, tristes y mudos.

—¿Desnuda? —le respondió José sin mirarle y con

cierta socarronería mientras echaba el segundo azucarillo en el café.

—No, no es eso. Bueno también, claro, pero no me refería solo a eso. No pienso solo en sexo cuando pienso en ella. No es lo primero. Es raro, ¿no? ¿Sabes?, me gustaría verla dormida. Te lo juro. Estar tumbado tranquilo a su lado y mirar su rostro, sus ojos cerrados, sentir cómo respira serena a mi lado toda la noche. Nada más.

—¡Tú estás fatal, hombre! Peor de lo que imaginaba —comentó José bromeando amablemente—. Te has enamorado hasta las trancas de esa cría. Y ya te lo digo: no es para ti. Nunca será para ti. Nunca se fijará en ti. No sois del mismo planeta. Eres un puto poli, nada más, y ella es una joven sofisticada, fina, culta y rica, ¡una jodida marquesa! ¿En qué piensas? Más te valdría hacer caso de una vez a mi hija. Paula sigue colada por ti. Déjate de sueños y gilipolleces, mi pequeña sí que te interesa.

—Joder, no me insistas más con lo de Paula, José. Me haces sentir mal. Sabes que adoro a tu hija, pero eso no puede ser. Paula es como una prima para mí.

—Con lo guapa que es y lo buena pareja que haríais... ¡Tú te lo pierdes! Y te pierdes también este pedazo de suegro —añadió guasón.

—En serio, José, no lo sé. No sé siquiera si estoy enamorado. Ya sabes que no tengo mucha experiencia en estas cosas. Y me jode sentir todo esto, sentirme así, tengo muy claro que la chica no es para mí. Pero necesito ese margen, ese capricho. Nunca te pido nada, ¿no? No me apartes ahora de su lado, al menos no de momento, espera unos días. Tiene planeado viajar y voy a acompañarla. Quiere ir a Marruecos, ¿qué te parece? Tengo que vivir eso, ir con ella, ¿lo entiendes? Eres mi jefe pero por encima de eso eres mi amigo, ¿no?

—Por encima de nuestra amistad está la obligación y mi responsabilidad, no me jodas Damián. Lo sabes, ¿no? Te necesito a mi lado en esto. Tenemos que volver a formar equipo. Tienes que venirte a homicidios una temporada, ya sabes que será algo solo temporal.

—Pero puedes esperar unos días antes de reclamarme.

—Damián, llevas ya más de un mes cuidando de su precioso culo, ¿no te parece bastante? ¿Han conseguido algo los de delitos tecnológicos? ¿Sabéis algo nuevo de ese zumbado?

—Los de la BIT ya tienen un hilo del que tirar, una pista bastante fiable, van a dar con el acosador en cualquier momento, no lo dudes. Pero eso no tiene nada que ver. Necesita protección y ahí seguimos, de momento, no creo que dure mucho más, estamos detrás de ella las veinticuatro horas en tres turnos de ocho, para que esté tranquila.

—Para que su padre esté tranquilo. Esto no puede

durar, Damián; como al final algún periodista se entere de que esta niña rica, por ser «hija de...», tiene a tres funcionarios día y noche a su servicio, tres polis para ella sola, se va a liar, ya sabes cómo son estas cosas. Joder, que se pague él los guardaespaldas de la niña, ¿no te parece?

—Está dispuesto a hacerlo, fui yo quien le recomendó que esperara, que nos dejara antes a nosotros. Hubo una agresión, José, intentaron secuestrarla. No es para tomarlo a broma. Hubo una denuncia y la amenaza es real. Aunque ya te digo que no creo que esos dos tuvieran nada que ver con lo del acoso por internet. Hay que investigarlo a fondo.

—Lo sé. Esos dos encapuchados no cuadran con el perfil de los mensajes. Eso sale de la mano de un desequilibrado más, algún loco de tres al cuarto, un friki que se ha obsesionado con esa cría de tanto mirarla por internet. Uno que se ha encaprichado de ella casi tanto como tú. —José ridiculizó la situación con poco acierto.

—Eso que has dicho no tiene ninguna gracia.

—Vale, perdona. Mira, Damián, yo te necesito conmigo ya. Que la protejan otros. ¡Tío, te has encoñado con ella y te estás tomando esto como algo personal, sabes que eso no está bien! El caso Campanas se nos va de las manos. Está en todas las portadas, en todas las tertulias de la tele, en todas las radios, y hay que conseguir algo ya. Hasta el ministro está apretándonos las tuercas.

»Además, menuda racha de crímenes sórdidos llevamos, no está la cosa para tonterías. Ya sabes lo que quieren estos cabrones, resultados, que cuadren las estadísticas, buenos números para que los políticos puedan alardear de eficacia.

—Pues yo creo que el caso Campanas está bastante claro, ¿no te parece? Al presentador famoso se le van la olla y la mano y se carga a la amante. Todo indica que fue así, ¿no? La ha cagado pero bien, ha destrozado su vida y la de su familia. Por echar unos cuantos polvos ha hecho saltar todo por los aires y ha dado carnaza de sobra a los putos periodistas. ¡Pobre diablo! Al final todo quedará en otro crimen machista, fijo que lo consideran violencia de género. Irá a la cárcel, se portará bien y saldrá en unos años. Nada más. ¿Para qué me necesitas?

—Sabes que tengo olfato para estas cosas, sé que ese tío no es capaz de hacer algo así. Es un pobre mierda, otro tonto enamorado de la mujer equivocada que estaba en el lugar equivocado y en el momento equivocado. Pero no ha sido él. ¡Estoy seguro, Damián! Y quiero saber qué pasó de verdad, para eso te necesito conmigo. Cuanto antes.

—¿Para esto has aparcado la jubilación? ¿Para salvar el culo a ese tío?

—Tal vez. Lo que tengo claro es que todavía no ha

llegado el momento de entregar la placa y la pistola, esa decisión es solo cosa mía.

—Para ti nunca será el momento. —Ahora quien se burló fue Damián—. Anda que tus hijas deben de estar contentas.

—La que me están dando, ni te imaginas —replicó José un tanto acongojado.

—Estaré contigo en eso pero espera unos días, por favor, no me hagas suplicarte más. Patricia quiere viajar pasado mañana. Salir el viernes y pasar en Marrakech el fin de semana, regresaremos el lunes por la mañana. Voy con ella y a la vuelta me tienes contigo. Pide mi traslado si quieres, me reclamas para que pueda colaborar con vosotros. Yo me paso unos meses si hace falta en la Judicial, pero antes dame ese gusto, esto es importante para mí. Mucho.

—Vaya con la tal Patricia, te tiene bien enganchado. Pero tú estás haciendo de escolta, no eres su puto novio, recuérdalo, estás protegiéndola mientras se investiga el caso, no estás saliendo con ella. ¿Sabes que te vas a hacer daño? Deberías alejarte de ella ya, no sigas con eso ni un día más. Pásale el testigo a otro y vente una temporada conmigo. Además, tú no eres de los que se enamoran; pero ¿qué coño te ha pasado?

—No lo sé. Nunca había conocido a una mujer como ella —dijo casi en un sollozo—. Es tan perfecta..., es maravillosa. Es...

—Es como todas, no me jodas, Damián —le interrumpió José con sequedad—. Que sí, que está buenísima, y es una belleza, y es joven, y tiene buen culo y buenas tetas... Oye, ¿cuánto más joven que tú, por cierto?

—Doce años más joven —respondió Damián, cabizbajo—. No son tantos. Tiene treinta y tres, una edad preciosa en una mujer.

—Da igual los que tenga. No es para ti, Damián, deja eso ya. Vuelve ya a tus cosas.

—¿Qué cosas?, no tengo nada. Ahora mismo no tengo nada mejor que hacer que cuidar de ella —se lamentó.

—Pero ¿qué coño dices? Eres un buen policía, uno de los mejores, por eso te quiero conmigo.

—A veces me siento solo José, será la edad, y esta tía me hace latir el corazón a toda leche cuando pienso en ella, cada vez que la veo tengo hormigueo en el estómago. Hasta su perfume me vuelve loco. No sé, ojalá todo fuera de otra manera...

—Te estás volviendo un ñoño, con lo duro que eres para otras cosas, ¡coño! Tío, déjate de historias y vuelve a la realidad. Acompaña a tu marquesita a Marra... lo que sea, a donde quiera que vaya, disfrútalo si puedes, tíratela si se deja, despídete de ella, olvídala y vuelve cuanto antes. No te queda otra. Tienes que ayudarme a resolver este caso y no va a ser fácil. Estarás muy ocupado, así no tendrás tiempo para pensar en bobadas.

—Seguramente tengas razón, José, seguramente tendría que dejar de soñar con lo que no puede ser. Eso a la larga solo puede hacerme desgraciado. Pero me hace tan feliz la idea de estar a su lado unos días más... Tres días enteros. ¿Quién sabe? ¿Y si en ese tiempo consigo que se enamore de un poli? —ironizó con tristeza Damián.

—Eso no sucederá. ¡Te apuesto lo que quieras! Una buena chuletada, ¿hace?

—De acuerdo —respondió Damián.

José pagó la cuenta y se despidieron con un fuerte abrazo a la puerta del bar.

Damián corrió al coche de la secreta que había dejado en doble fila y que ya miraban con mala cara unos municipales.

José regresó dando un paseo a la brigada, en su despacho le esperaban una montaña de problemas y otra de papeles por revisar.

4

Justo la tarde antes del viaje, durante su afortunado servicio del jueves, sucedió algo inesperado para Damián, que se sentía el último de la última fila. Patricia tenía que asistir a un acto, pero se canceló en el último momento. Entonces ella le propuso ir a tomar algo a una cafetería cercana a su casa, lo hizo de forma espontánea, completamente natural, como si fuera un amigo más.

Él aceptó con gesto casi impávido pero alborozado por dentro. La idea era estar unos minutos, pero estos se convirtieron en unas horas. Se sentaron en dos taburetes junto a una mesita alta, al lado de una gran ventana, y allí charlaron sin parar, de mil cosas, sin percibir el paso del tiempo, que voló veloz hasta que el día oscureció. Era la primera vez que sucedía, que hablaban con tanta naturalidad y confianza, relajados, ligeros, disfrutando de la oportunidad de estar juntos sin la carga de ser el poli y su protegida, aunque lo fueran.

Patricia era un misterio para él. Tan pronto lo trataba con cariño y dulzura, incluso en exceso, como al rato pasaba de él por completo. No sabía qué era peor, si cuando le daba efusivas muestras de simpatía y afecto o cuando lo ignoraba sin clemencia. Las dos posturas le dolían casi por igual, una por mostrarle lo que se perdía, la otra por recordarle la maldita realidad. En cualquier caso, disfrutó cándidamente de aquel regalo, también ella parecía satisfecha. Romper el hielo con Patricia era algo fabuloso para Damián; el inconveniente era que eso alentaba el sueño imposible de conquistarla.

La acompañó hasta su portal, a pocos metros del bar, y se despidieron con un apretón de manos y un simple buenas noches, él con timidez, pereza y frustración, ella con cierta prisa, como cada noche desde que él se había convertido en un fragmento de su sombra.

Damián condujo de regreso a la comisaría pensando en el rato que acababa de pasar al lado de Patricia. A pesar de los arrebatos de frialdad de ella, estar a su lado, frente a un par de cafés y dos vasos de agua, le enalteció el alma, la purificó. Pasar la tarde junto a ella así, sin más, sin menos, por nada, para nada, lejos del deber, de lo cotidiano, de la rutina, en una estancia paralela a la existencia, llenó su alma de vida. Fue un momento perfecto, y él había conocido muy pocos así.

Podría haber intentado decirle algo acerca de sus

sentimientos, dejarlo caer de alguna manera, probar, pero era un cobarde para eso. Además hubiera sido largo contarle, describirle hasta lo más íntimo, hacerle ver el interior, mostrarle un puñado de arenilla sacada de lo más profundo, explicarle. No todos los días te sientes maravillado ante algo, ante alguien, y a él le había ocurrido, le venía ocurriendo, tenía que haberle dicho algo así. Imbécil.

Para su desdicha, aquellas cautivadoras emociones apenas tenían aliento, no se sostenían, nacían condenadas. Sentir todo aquello era como llorar bajo un aguacero. Todas las estrellas esa noche puede que hablaran de ello, de ellos dos; tal vez por eso le pareció que titilaban con tristeza en el cielo, con mucho menos brillo.

Su lamento ni siquiera podía ser considerado un lamento, era más bien una especie de doliente y simple oración. «La amo», rezaba, «no debo amarla», seguía, «debo evitarlo», concluía. «Amén.» Pero los ojos de Patricia seguían ahí, brillando frente a los suyos. Su mirada verde seguía ahí, clavada, sin apartarse. Ella seguía sentada a su lado, arrullada por la música de fondo. Era inquietante sentir todo aquello, algo muy turbador pero bellísimo.

Dejó el coche y regresó en la moto hasta su casa. Entró en el apartamento sin encender la luz, y así, a oscuras, alzó la vista hacia la escasa porción de cielo que se podía ver a través de la única ventana de la sala, anaranjado, tan apagado como su alma en ese instante. Apoyó la cabeza en el frío cristal y unas cuantas lágrimas templadas le recorrieron el rostro y gotearon hasta el mentón. No hizo un solo gesto por detenerlas, por secarlas, solo las dejó hacer, seguir lentas su camino hasta caer donde tuvieran que caer, hasta llevarse con ellas lo que tuvieran que llevarse, tal vez esa honda pena con la que no quería vivir y que tanto le había marcado. No iba a permitirse volver a padecer. «La vida no es una línea recta —pensó—, de vez en cuando se tuerce, y hay que saber sobrevivir a la desesperanza, a la aflicción y la nostalgia.» Algo se le ocurriría, algo podría hacer para no sufrir por eso, quiso convencerse igual que el náufrago se quiere convencer de que un barco aparecerá por el horizonte.

Ahora el policía se conformaría solo con saber que aquella mujer existía, que andaría por ahí embelleciendo la vida, respirando, suspirando, sonriendo, dejando volar las manos al hablar, parpadeando, susurrando con dulzura, inclinando la cabeza de forma deliciosa, caminando despampanante, con ese perfume perturbador, deslumbrando al sol o a la luna con su aspecto y su mirada.

Estaba perdido si no la evitaba, si no lo remediaba, completamente perdido. Se quitó los zapatos y se metió en la cama medio vestido. Se arropó hasta taparse la cabeza, cerró los ojos e intentó dormir sin volver a pensar en ella. Sin poder dejar de pensar en ella.

No debía ni podía cortejarla, era sencillo. Ella era única e inalcanzable, por un millón de razones, aunque su alma se negara a aceptar la evidencia. Tenía la certeza de que era imposible, tenía un millón de razones para saber que no. Una inmensa nada que desentonaba con su incontrolable tendencia a fantasear con Patricia. ¿Cuánto duraría eso? ¿Cuánto tiempo tendría la oportunidad de pasar unas horas cada día cerca de ella? Pronto acabaría la farsa. Pillarían a ese loco que la acosaba, se cansaría o se asustaría y desaparecería. Y con tan pocas pistas sobre los tipos que la atacaron no lograrían dar con ellos, las aguas se calmarían y más pronto que tarde desmontarían la escolta, esa irregularidad no sería sostenible por mucho más tiempo. Además, Marín lo quería a su lado. Su misión acabaría y ya no volvería a verla, seguramente.

¿Entonces? Entonces, ¿qué? Se le hizo un nudo en el estómago. Necesitaba tiempo para pensar, para... ¿conquistarla?, si es que eso era posible; necesitaba tiempo para que ella lo conociera mejor, para conocerla mejor a ella. Necesitaba tiempo para seguir mirándola, para oler su piel y su perfume, para mirar sus ojos aunque fuera a hurtadillas, para escuchar su respiración, su voz y su risa.

Esa noche, Damián durmió mal, y se despertó antes de que sonara el despertador.

Para impresionarla, tal vez, o para sentirse más seguro de sí mismo, aquella mañana se puso su mejor traje, el mejor de tres, recién salido de la tintorería: americana y pantalón grises marengo con una camisa blanca y nueva, impecable, bien planchada, también una elegante y cara corbata color almagre, en la que, el día anterior, se había gastado mucho más de lo que se podía permitir. Abrillantó bien sus zapatos, se afeitó con esmero, se despeinó cuidadosamente, y se perfumó con mesura. Nunca había visto un policía tan elegante, pensó al mirarse en el espejo, salvo en las películas.

Aún no había amanecido cuando metió su bolsa en el maletero del coche y arrancó. Dejó que el motor se calentara y encendió la calefacción, estaba helado. Había cogido de la central uno de los más grandes y cuidados, de los vetados, un Peugeot 607 azul oscuro de los que siempre pillaban los jefes o se llevaban a las exhibiciones. Encendió la emisora pero bajó tanto el volumen que las voces metálicas y los pitidos al otro lado se hicieron casi inaudibles. En cualquier caso, la cosa parecía estar tranquila. Conectó el móvil al equipo y puso música, la que más le emocionaba o le dolía escuchar, la que más le evocaba, la que más hacía brillar todos sus sueños.

Tenía que recoger a Patricia en su casa a las seis y

media. A las ocho tenían que estar en Barajas, a las diez y algo despegarían rumbo a Marrakech. Antes deberían pasar a buscar a dos amigas que la acompañarían en la escapada de fin de semana. Le sobraban. Absolutamente. Condujo pensando en eso, en lo extraordinario que hubiera sido poder hacer ese viaje solo con ella, solos los dos, sin más, sin carabinas, sin ser un simple poli a su lado, sin ser su maldito guardaespaldas, su pesado perro faldero.

En cualquier caso, no era cuestión de lamentarse: sabía bien que acompañarla en ese viaje era el resultado de una venturosa carambola, de un golpe de fortuna. No tenía ningún sentido que la chica se llevara a un funcionario de escolta al extranjero, era una situación bastante insólita y anómala; al fin y al cabo, ella no era reina ni princesa, no era ministra, no era jueza, no era nadie que tuviera asignada escolta por Real Decreto, no merecía esa atención por parte de Interior. De saberse, seguramente, sería otro escándalo que cualquier periodista sabría aprovechar, un buen titular, un buen asunto de portada y de tertulia. Pero el padre de Patricia tenía bastante mano, y ella también, sin duda, tenía influencia en las más altas esferas, posiblemente la reina se había interesado personalmente por su seguridad.

Era viernes y el tráfico todavía no estaba mal, llegó más de veinte minutos antes de la hora fijada: tendría que esperar antes de atreverse a pulsar el botón del interfono. Aparcó frente al suntuoso portal, en la calle Velázquez, enfrente de un concesionario de Maserati. Aquello una vez más le hizo pensar en lo imposible del asunto, había gente que compraba esos bólidos para millonarios, y vivían por allí, en aquellas calles, eran tan ricos como ella.

Uno de los bares cercanos estaba justo abriendo y entró a tomar un café, solo, siempre solo. Tuvo que esperar unos minutos a que la camarera espabilara y la máquina se calentara, luego salió a la puerta con la taza humeante en una mano y con un pitillo en la otra, el último que fumaría en muchas horas, tal vez en varios días: ella no fumaba y él fingía no hacerlo cuando la tenía cerca, y así aprovechaba para dejar el vicio; tal era el estímulo que hasta se había comprado chicles de nicotina y uno de esos aerosoles para disimular el aliento a tabaco, por si acaso. Por ella sería capaz de dejarlo, de dejarlo todo, cualquier costumbre, cualquier convicción, cualquier sensatez.

Se miró en la cristalera del bar para comprobar que el bulto de la pistolera en la cintura se disimulara bien bajo la chaqueta un poco justa: no se notaba demasiado. A ella le inquietaban las armas, pero a eso no podía renunciar de ninguna manera. Su Heckler & Koch USP de 9 mm Parabellum era la mejor compañera, la solución a muchos problemas, su salvación llegado el caso. Aunque por ella, por poder rozar sus labios una sola vez, sería capaz de entregarla. Seguramente estaba perdido, pensó.

A las seis y media en punto apretó el botón del piso y esperó a oír su preciosa voz. Patricia no tardó en contestar: «Bajo enseguida.» Tenía un delicado y extraño acento, un dulce y sinuoso seseo que acompañaba sus palabras acentuándolas y que les daba apariencia de suspiros.

Esperó bajo el arco de la enorme puerta de hierro impaciente por verla aparecer doblando la esquina, al fondo, a la izquierda del gigantesco recibidor.

Al poco, todo se iluminó con su presencia. Surgió de la nada, del silencio, caminando despacio, muy segura de sí misma, vestida para viajar, siempre lo hacía con acierto; él nunca se había fijado demasiado en esas cosas, en qué se ponían o cómo se acicalaban las mujeres, pero con ella era distinto, no perdía detalle y disfrutaba de ello. Llevaba unos vaqueros ajustados y algo acampanados, que dejaban ver unas botas de ante, una camisa de encaje blanca, una chaqueta beige de punto larga y un fular granate al cuello. Tiraba de una pequeña y elegante maleta roja. Había recogido su melena corta y rubia en una escueta y tirante coleta, llevaba el rostro discretamente maquillado y solo un suave toque de carmín en los labios. Y, como broche final, su embriagador perfume. ¿Cómo podía estar tan bella y radiante a esa hora?, se preguntó mientras la miraba embobado.

Ella le sonrió generosa, sabiéndose admirada, y le dio los buenos días con entusiasmo.

—¡Venga!, ¿nos vamos a Marruecos? —le preguntó guiñándole un ojo.

Él se sonrojó, como solía sucederle casi cada vez que ella le hablaba o le miraba.

—¡Claro, vámonos cuanto antes! —le respondió también animoso, intentando disimular su timidez.

Apenas diez minutos después estaban recogiendo, en un portal de la calle María de Molina, a sus dos amigas, a Silvia y Claudia, otras dos jóvenes distinguidas con distinguidos apellidos. Una más mona que la otra, que era mucho menos agraciada. Cargaron también sus maletas y luego siguieron veloces subiendo por la avenida de América rumbo al aeropuerto.

Damián puso sobre el techo la luz azul centelleante. Sin hacer sonar la sirena, los relámpagos azules sirvieron para no tener que detenerse en los semáforos y para poder adelantar la infinita torpeza matinal de muchos conductores madrileños. Esos gestos tan inequívocamente policiales, a los que él añadió cierta teatralidad, dejaron a las chicas, especialmente a las dos amigas de Patricia, boquiabiertas. Patricia más bien se hizo la «terriblemente acostumbrada» a esos pormenores, para algo vivía con un «madero» pegado a su lado las veinticuatro horas.

Por el camino, siguiendo con su actitud de poli de cine, Damián contactó dos o tres veces a través de la emisora con sus colegas de la comisaría de Barajas, algo innecesario que normalmente hubiera hecho por el móvil. Había varias cosas que cerrar, todo tenía que estar preparado cuando llegaran; además un compañero debía recoger el coche camuflado en el acceso para personalidades de la T-4 y llevarlo de vuelta, no andaban sobrados de vehículos. Las chicas atrás cuchicheaban y reían mientras él, muy serio, las conducía seguras a su destino.

De vez en cuando miraba a Patricia por el retrovisor y ella apartaba veloz la vista, lo que quería decir que —se regocijó Damián— al menos alguna vez lo miraba, aunque cuando se cruzaban sus miradas ella hacía como si no, como si tal cosa, incluso con cierto desdén.

No tardaron en llegar al aeropuerto.
Ser considerado «persona muy importante» tiene muchas ventajas a la hora de coger un avión: nada de esperas en los controles ni para conseguir la tarjeta

de embarque, tienen su propio control de seguridad y de pasaportes, su propio arco detector, sus propias cintas y escáneres, y toda la amabilidad del mundo. Era maravilloso. Todo exclusivo y cómodo, sin esperas, sin malos tragos ni sorpresas. Todo lo más rápido, directo y corto posible. Un mozo se llevó sus maletas, estarían en lugar preferente para descargarlas las primeras al llegar y poder entregárselas cuanto antes.

Al poco rato ya estaban en la sala VIP esperando plácidamente la salida de su vuelo, el IB3340. Pronto estarían a bordo del Airbus 320, en el que embarcarían también de forma privilegiada. Ese avión solía salir más tarde, hacia mediodía, pero ese viernes despegaría un par de horas antes, quién sabe —se preguntó Damián— si por adaptarlo a ella, a sus preferencias, aunque eso le pareció ya un desvarío. Pero ¿quién era esa chica?

Los cuatro tomaron café, bollitos y zumos, y luego ellas se sentaron aparte. Damián aguardó de pie junto a la puerta muy metido en su papel de «poli imperturbable». Después, llegada la hora, subieron al avión los últimos, cuando ya todo el pasaje estaba sentado y dispuesto para despegar.

Nada más entrar en el avión, como manda la normativa de seguridad aérea, Damián se identificó con su placa y se dirigió a la tripulación para advertirles de que iba armado, algo que ya sabían bien el sobrecargo y los pilotos. Entregó su arma al comandante en custodia mientras las azafatas acomodaban a las chicas en los mejores asientos, los que eligieron, ya que la clase Bussines iba medio vacía esa mañana, solo otros dos pasajeros ocupaban plaza. Cada una se sentó junto a una ventanilla en una fila distinta, para tener así espacio de sobra incluso para tumbarse y echar una cabezada durante el vuelo.

Aunque el billete de Damián era de clase Turista (gastos para el departamento, los justos), las azafatas le invitaron a sentarse en la parte delantera, y lo hizo en la misma hilera de asientos que Patricia, justo en la ventanilla opuesta, desde donde de vez en cuando la miraba a hurtadillas.

Le trataron en todo momento como a un pasajero de primera más, y todos fueron muy amables con él, especialmente una azafata que no dejó de ponerle ojitos durante todo el viaje, algo que en algún momento pareció incomodar a Patricia, un razonamiento tal vez poco objetivo.

Ella, desde que el avión empezó a rodar hacia la pista, se mantuvo muy pensativa, absorta en quién sabe qué pensamientos, mirando por la ventana, con la cabeza apoyada en un cojín. Parecía repentinamente melancólica.

Despegaron puntuales, tenían por delante algo más de un par de horas de plácido vuelo hasta aterrizar en el aeropuerto Menara de Marrakech, anunció el comandante.

Cuando alcanzaron el nivel de crucero y empezaban a servir los desayunos, mientras sus dos amigas ya estaban amodorradas, medio dormidas, Patricia se levantó repentinamente y fue a sentarse junto a Damián, que por un momento sintió un estremecimiento brutal. Seguramente ruborizado, inquieto, no daba crédito a ese inesperado gesto, ni sabía bien cómo afrontarlo. Estaba aturdido y muerto de sueño.

—¿Te importa que me siente a desayunar contigo? No te ibas a dormir, ¿verdad? —le preguntó ella, ejecutando su deseo, sin la más mínima intención de aceptar un no por respuesta.

—No, por favor, todo lo contrario, será un placer —le respondió Damián, titubeante.

—Odio desayunar sola, aún más en los aviones, y no me apetece nada despertar a una de esas dos —dijo, haciendo una mueca y un gracioso gesto con la cabeza, que a él, como todo en ella, le pareció adorable.

Si ella no le daba conversación, pensó, estaba perdido. Se sentía especialmente torpón esa mañana, atribulado en exceso, más en ese instante. Pero, por fortuna, Patricia no parecía tener intención de estar en silencio, en ese incómodo silencio que él tanto temía. Para su tranquilidad, ella no paró de hablar y preguntarle las cosas más peregrinas mientras la tripulación les servía bandejas y cafés: «No sé casi nada de ti», «¿Estás casado?», «¿Lo has estado?», «¿Tienes pareja?», «¿Cuál es el último libro que has leído?», «¿Has tenido muchas novias?», «¿Y la última peli que has visto?», «¿No echas azúcar al café?», «¿No te gustaría haber formado una familia?», «¿Cómo es tu casa?», «¿Te gusta la mermelada?», «¿Prefieres la mantequilla o la margarina?», «¿Trabajas muchas horas?», «¿Te gustan los perros?», «¿Es tan peligroso tu trabajo como parece?», «¿Os pagan bien?», «¿Haces mucho ejercicio?», «¿Se te da bien disparar?», «¿No te da miedo?», «¿Te gusta más salir a correr o prefieres la bici?», «¿Cocinas?», «¿Te gusta ser policía?»...

Damián fue respondiendo a todo como pudo, entre desconcertado y divertido, relajándose cada vez más, disfrutando del insólito e insospechado interrogatorio: «No, no tengo, ni estoy casado, ni nunca lo he estado», «*La impaciencia del corazón*, no recuerdo el autor, me lo recomendó un amigo que es periodista», «Dos o tres, poca cosa», «*Everest*», «Jamás», «Nunca he pensado en ello», «Pequeña y humilde, de alquiler», «Prefiero la miel y la mantequilla», «Demasiadas horas, pero no me importa», «No, no quiero perros, te atan ellos a ti más que tú a ellos», «A veces es peligroso, sí», «Nos pagan, que ya es mucho», «Bastante, casi todos los días, krav maga y judo», «Soy bueno, sí», «Algunas veces», «Las dos cosas, correr y bici», «Sí, pero solo para otros», «Me encanta ser policía».

Fue hablando cada vez con más pasión y acaparando la conversación sin darse cuenta.

Se quedó un momento pensativo y luego añadió:
—Siempre quise ser un poli, desde pequeño. No imagino un trabajo que me pudiera gustar más. Además he tenido mucha suerte y casi siempre he tenido buenos destinos, buenos compañeros, he podido hacer muchas cosas muy distintas. Probar. Aunque lo que más me gusta es la investigación de homicidios.

Ella parecía escucharle con mucha atención, en algún momento con cierto embeleso, lo que hizo acrecentar su confianza en sí mismo, su serenidad, pudiendo ser por primera vez ante ella tal y como era.

—Además —dijo con cierta euforia llegado el momento— ser policía me ha permitido conocerte, poder estar cerca de ti...

De repente se hizo el silencio, el temido silencio. Como si lo que acababa de decir hubiera tardado en llegar a sus oídos unos eternos segundos. Entonces se dio cuenta de que su inocente osadía, de que aquel piropo o aquel cumplido podía haber sido un exceso.

De hecho, ella, de improviso, le sonrió de forma un tanto extraña, se levantó, y disculpándose volvió a su asiento poniendo una banal excusa:

—Bueno, me voy al baño y luego intentaré dormir un rato, suelo hacer eso.

El vuelo transcurrió sin más palabras.

Cuando aterrizaron en Marrakech, antes de que el comandante ordenara desarmar las rampas y abrir las puertas, él ya había ido a la cabina a recoger su arma y a dar las gracias a los pilotos. Ahora, comentó con ellos, quedaba lo peor: tendría que tramitar con los gendarmes de la aduana el permiso para poder llevarla encima durante los tres días que estaría en Marruecos. No confiaba mucho en ello; con Francia y Portugal sí que había acuerdos al respecto, pero con los marroquíes no. Esperaba que todo fuera rápido, que no se pusieran demasiado quisquillosos.

Se despidió de la tripulación y salió detrás de las tres chicas, que ya estaban impacientes por empezar su fin de semana marroquí. Fueron los primeros en abandonar el avión y también allí se hizo patente la categoría *very important* de las jóvenes.

Un par de tipos de la policía secreta marroquí los esperaban para darles la bienvenida y facilitarles todo, también los pormenores legales de su acompañante, el policía español; no habría problemas, sabían que una de las mujeres llevaba escolta. Todo sería rápido y sencillo, les prometieron, algo verdaderamente insólito con las fuerzas del orden de ese país, especialistas en poner trabas e inconvenientes, en trapicheos y reparos, en hacer perder el tiempo.

Como no habían facturado el equipaje al uso, todo fue aún más simple. Sacaron sus maletas las primeras y pasaron sin más problemas el control de pasaportes; después los de la secreta les acompañaron afuera, hasta un enorme cochazo con chófer vestido de uniforme, un espectacular Jaguar que el hotel enviaba para recoger a sus mejores clientes.

Los policías subieron en un viejo Mercedes aparcado justo detrás, que también esperaba bajo el opulento voladizo del aeropuerto Menara. La luz de un sol radiante, y ya alto, penetraba por la estructura en forma de malla del edificio moteando todo con pequeños fulgores, con luminarias que brillaban como diamantes.

También sobre el pelo y el rostro de Patricia se posaron esos destellos de fuego haciéndola aún más hermosa. A Damián en ese instante le pareció un ser de una belleza sobrenatural, una auténtica deidad. Ella miraba alrededor feliz, radiante, y no solo por el efecto de aquel resplandor arquitectónico: haber llegado a su destino parecía haber iluminado y cambiado su rostro para mejor, si es que eso era posible.

Las tres chicas se sentaron en la parte de atrás del Jaguar divertidas y él junto al sonriente y orondo conductor.

Nadie, de momento, le había puesto problemas por ir armado; ni siquiera le hicieron firmar un formulario, como cabía esperar, ni un mísero papel sellado y matasellado autorizando la entrada de su Heckler &

Koch en el país. Resultaba un tanto inquietante. «Esperemos que nada se tuerza —pensó—, que esto no llegue a tener consecuencias, en Marruecos nunca se sabe.»

Los dos coches arrancaron alejándose del aeropuerto. Miró atrás con disimulo, varias veces. Los dos tipos que les esperaban iban tras ellos en el Mercedes azul y pasado de moda, pero además le pareció que otro coche, un viejo Peugeot blanco, con un solo individuo al volante, perseguía a su vez a los dos vehículos.

No tardaron mucho más de un cuarto de hora en llegar a su destino en la ciudad, el lujoso hotel La Mamounia, donde se alojarían ese fin de semana. Damián había dicho que buscaría alguna pensión al llegar, pero Patricia había insistido en reservar una habitación también para él, que, por supuesto, pagaría ella.

Nada más llegar a su destino perdió de vista el Peugeot blanco, quién sabe. Antes de entrar a la recepción, un pequeño comité de bienvenida esperaba a las puertas para luego, en una salita, ofrecerles dátiles, leche de almendras y agua de azahar cumpliendo la tradición, deshaciéndose en elogios hacia los nuevos huéspedes.

Al penetrar en la extrema suntuosidad de la recepción de La Mamounia, en el impresionante lujo de aquel lugar, se dio cuenta de cuán alejado vivía él de todo aquello que para Patricia formaba parte de la normalidad. Era un mundo inalcanzable para la inmensa mayoría, irreal en muchos sentidos, ajeno por completo a sus posibilidades, a su día a día. Otro planeta. Asumir sin estupefacción aquel escenario de ensueño, la magnificencia sin medida de ese palacio convertido en voluptuoso hotel, la grandiosidad de sus salones y sus jardines, era complicado para Damián.

Sin embargo, ella se movía por allí con absoluta naturalidad, desde el primer instante. Ella encajaba a la perfección en el lujo, era una pieza más de todo aquello, tenía verdadero empaque, auténtica clase. No parecía una invitada, parecía la anfitriona, la princesa, la dueña del castillo. Era una estrella aún más radiante y espléndida que todo aquello. Patricia había nacido y vivido inmersa en la opulencia. Para ella el lugar resultaba natural, se sentía como en casa. No en vano había crecido en un auténtico palacio.

Cuando empezó a recuperarse de la impresión, los dos polis marroquíes le comunicaron que ahora sí debía acompañarlos a la comandancia para ultimar los detalles de su estancia en la ciudad, en el país. «Ultimar los detalles» quería decir retirarle el arma y guardarla en custodia hasta que partiera de nuevo a España el lunes por la mañana.

5

Ramiro Campanas se llevó con él a la cárcel la pesada carga de la humillación y la culpa y todo el peso de la verdad, una verdad que sería muy difícil desentrañar, cada vez más. Seguramente solo él sabía realmente lo que había sucedido esa noche. O no, eso pensaba Marín; el único sospechoso posiblemente no tenía la más mínima idea de lo ocurrido.

Pero la luz que podía empezar a despejar las tinieblas en el asunto Campanas iba a llegar antes de lo que José Marín podía imaginar. A primera hora de la mañana del viernes, tras tres días de pesquisas, el comisario reunió a su equipo más cercano para contrastar lo avanzado y coordinar nuevas actuaciones a realizar.

Todos acudieron aunque fuera a regañadientes. Marín nunca daba nada por hecho y menos aún cuando la intuición le susurraba que no lo hiciera. Citó a los mejores que tenía, tres hombres y dos mujeres, los cinco iban a estar con él en ese caso. Una veintena de agentes formaban el grupo de investigación, además del «ínclito» Marquina, su «secretario». Le faltaba la astucia y la compañía de Damián, que estaría roneando con su «amor» en alguna *kasbah*, se lamentó una vez más el comisario.

Había asignado diferentes tareas a su equipo y todos expusieron sus tímidos avances en las pesquisas. Quedaba viajar otra vez hasta Albacete, les dijo, donde vivía el padre de la víctima, para indagar un poco más por ahí, pero él mismo se ocuparía de eso. La mayor alegría se la dieron los inspectores López y Salazar, que hicieron un descubrimiento decisivo. A ellos se les había encargado volver a husmear en el entorno laboral de la chica y se acercaron a Prado del Rey, desde donde emitían «La ruleta de la fortuna».

—Estuvimos hablando con unos y con otros —empezó a decir Salazar—. Casi por casualidad, charlando con un tal Santos, uno de los productores, se me encendió la bombilla. Ya habíamos revisado y rastreado el móvil de la chica, fue de las primeras cosas que hicimos, y algo no cuadraba: apenas lo usaba, había realizado solo una veintena de llamadas en los últimos meses, y las entrantes también eran muy escasas; casi todas, de su padre. Ninguna de su amante, ni un solo mensaje de Ramiro; eso nos hizo dar muchas vueltas al asunto. ¿Acaso borraba los mensajes y los registros? Era raro que lo hiciera con tanta meticulosidad.

»Utilizaba de vez en cuando WhatsApp, pero no consumía demasiados datos para navegar, lo usaba muy poco para ser una chica de veintisiete años que seguramente estaría enganchada al teléfono, como casi todo el mundo. Así que el tal Santos nos dio la respuesta: tenía otro móvil. María Yeste y Santos eran colegas, así que él le dejó uno de los teléfonos de producción como favor personal. Por su manera de hablar, es muy probable que estuviera absolutamente colado por ella.

»Como ese segundo móvil no había aparecido, pensamos que podría haberse quedado en la redacción. Santos nos ayudó a buscarlo, pero nada.

—Pero ¿encontrasteis el móvil o no? —preguntó Marín, impaciente.

—Sí, finalmente miramos en los escritorios de las secretarias, a la entrada, y allí estaba, a la vista de todos, sobre una bandeja de plástico junto a unos cuantos aparatos más, todos iguales, apagado y cargando. Desde que ella lo dejara en ese lugar, nadie lo había tocado. Comprobamos la numeración y efectivamente era el Nokia que ella usaba. Seguramente la chica lo enchufó allí, ya que siempre había cargadores a disposición de los que los necesitaran, y debió de olvidarlo. Lo había tenido en su poder durante el último año, algo más. Ya hemos rastreado el teléfono, que como otros cientos está a nombre de RTVE.

—Los listados de llamadas y mensajes han sido muy esclarecedores y suculentos. —Ahora era López el que hablaba—. Hemos descubierto que la chica hablaba con alguien reiteradamente, casi todos los días, casi siempre de noche y tenían largas conversaciones. Y ese número no es el de Ramiro Campanas, con quien también hablaba con frecuencia, aunque sobre todo se intercambiaban mensajes. No ha sido complicado dar con el nombre asignado a ese teléfono, y la sorpresa ha sido enorme: es de un agente de policía, un cabo de los Mossos d'Esquadra, un fotógrafo del cuerpo.

—Vaya, pues sí que es una sorpresa —comentó Marín, anonadado—. Bien, rastread las llamadas, intentad localizar el aparato, a ver si aún lo está usando.

El hallazgo dejó conmocionado a Marín: un puto policía autonómico y encima catalán. A José Marín no le gustaba demasiado nada de lo que olía a catalán. La chica no debía de mantener con él exactamente un noviazgo, pero sí algo intenso, ya que las conversaciones eran larguísimas y a horas intempestivas.

Dos agentes empezaron a hacer llamadas a Barcelona. Había que investigar a ese tío cuanto antes, pero con la máxima cautela de momento, con mucha discreción. Ya habría tiempo de hacerle unas cuantas preguntas. Lo primero era saber más de él. El pájaro era un tipo listo.

El cabo de los Mossos se llamaba Guillem Roura Jiménez, tenía treinta y siete años, era gerundense, soltero y estaba destinado en la comisaría de Les Corts, en la capital. Por lo que averiguaron, no era muy apreciado entre sus compañeros, no era un buen tipo. Lo describieron como raro y ladino, iba siempre a su bola y no le gustaba demasiado trabajar. Enseguida obtuvieron fotos y una descripción precisa: estatura media, barba corta y cuidada, pelo castaño oscuro, bastante fornido y bien parecido, buen deportista y motero. Los de asuntos internos le habían investigado en un par de ocasiones, por una denuncia por uso indebido de la fuerza —había dado una buena paliza a un detenido—, y por un turbio asunto relacionado con la desaparición de dinero y parte de un alijo de coca durante una operación.

A Marín se le revolvieron las tripas al pensar que aquel cabrón bien podría ser el mismo que le partió la cabeza a esa pobre chica. Su perspicacia le susurraba otra vez al oído. Pero que fuera un poli podía complicarlo todo. Deberían ir con pies de plomo, dar cada paso con mucho cuidado hasta conseguir suficientes evidencias para convencer a sus jefes y al juez de que aquel policía era sospechoso del asesinato que le habían cargado a Campanas.

Pero entonces los agentes que llamaron a Barcelona se llevaron una decepción: el cabo Roura había solicitado un año de suspensión de empleo y sueldo, un año sabático; al parecer, para cumplir uno de sus sueños: había ahorrado para irse a recorrer mundo con su moto y sus cámaras. Curiosamente pidió el permiso poco después de la muerte de María Yeste. Ese hijo de hiena se la había metido a todos, pensó Marín, al que cada vez le olía peor todo aquello. A saber dónde andaría a esas alturas, puede que fuera del país, encontrarlo iba a ser una ardua tarea.

Lo más urgente era informar a sus superiores y emitir cuanto antes una orden internacional de busca y captura a través de Interpol. Dar caza a un policía nunca es sencillo, ellos conocen bien los métodos, los mecanismos, y pueden ir un paso por delante si se lo proponen.

Pero entonces recibieron una llamada, y les dieron una noticia que alteraría el ritmo de la investigación: la noche anterior, en la penitenciaría Madrid III, en Valdemoro, Campanas había sufrido un ictus, estaba completamente incapacitado.

6

Por fortuna, Damián hablaba bien francés y pudo discutir con los dos gendarmes algunos pormenores, aunque pronto se dio cuenta de que nada había que discutir. No debía preocuparse por su protegida; uno de sus compañeros, que ya esperaba fuera, se ocuparía de velar por ella durante el par de horas que tardarían, y le señalaron a un tipo que en ese momento estaba saliendo del Peugeot blanco. Damián empezó a irritarse y eso no era nada bueno. Notó que le asaltaba la ira y aquello —pensó— era lo último que debía sentir.

Explicó a Patricia la situación y esta pareció preocupada, contrariada por lo que le estaba sucediendo. Le propuso intentar mediar, pero eso tampoco era una buena idea: para aquellos gorilas, que una mujer metiera sus narices en el asunto, sin duda, resultaría ofensivo y solo empeoraría las cosas.

Los dos polis le apremiaron para salir cuanto antes

hacia la gendarmería, había que arreglar algunos papeles, nada más, luego podría regresar al hotel con ellas y hacer su trabajo, le aseguraron. En la puerta del hotel, el tipo del Peugeot, el que haría de escolta, se presentó y le dijo alguna frase en español que Damián no llegó a entender bien. Tenía un acento muy extraño, y más que un secreta parecía un tendero vestido con el traje de los domingos, un traje azul celeste raído y ridículo que le quedaba corto y ancho. Era escuálido como una marioneta de palo y tenía un rostro llamativo, de nariz grande y prominente, ojillos vivos, diminutos y hundidos, muy luminosos, la piel aceitunada, llena de pliegues y arrugas que surcaban la cara de norte a sur y la frente de este a oeste. Los labios no existían. Sonrió a Damián con cara de idiota mientras se abría la chaqueta para mostrarle la culata del revólver que llevaba metido en el pantalón. ¿En manos de qué clase de idiota quedaba Patricia? Menos mal que allí dentro seguro que no corría ningún peligro, se dijo para tranquilizarse.

Desde la puerta hizo un gesto de despedida, mientras susurraba al aire un «ahora vuelvo» para Patricia y sus amigas, a las que los botones acompañaban ya a sus habitaciones.

Luego se subió al coche con aquellos dos. Sintió una amarga sensación de amenaza, de peligro, como quien se acerca demasiado a un avispero. Intentó relajarse y relajar un poco el enrarecido ambiente. Así, por destensar, buscó dar conversación a sus colegas, les preguntó algo sobre su trabajo allí en Marruecos, si conocían España, soltó algo del Madrid y el Barça, de Cristiano y Messi, buscó bromear de alguna manera para quitar hierro al asunto; en definitiva, intentó despertar en ellos ese sentido universal de fraternidad y compañerismo que suele existir entre agentes de policía, pero todo fue en vano, aquellos dos no parecían muy por la labor. Permanecieron serios y en silencio. En vista del éxito cerró la boca y se mantuvo alerta en todo momento. Solo esperaba acabar cuanto antes con aquello, regresar al paradisiaco albergue, darse una buena ducha, buscarla, verla de nuevo.

Al llegar al edificio de la Gendarmería Real, varios agentes uniformados salieron a su encuentro y le indicaron que les siguiera sin demasiados miramientos. Tuvo más la sensación de estar a punto de ser detenido que de estar entre compañeros de profesión.

Por fortuna, todo cambió al llegar al despacho del hombre que estaba al mando, un tipo muy moreno, alto, gordo y sudoroso, vestido de paisano, que no paraba de pasarse un pañuelo asqueroso por el rostro y las manos para secarse la humedad. Recibió a Damián con su mejor sonrisa y entre alharacas, hablando un muy aceptable español.

—¡Bienvenido a Marruecos, querido amigo! Adnan Afani, para servirle a usted y a Alá —soltó con entusiasmo mientras se abalanzaba para abrazar y dar tres besos a Damián—. Siéntese, querido colega, siéntese. ¿Qué tal le han tratado? —preguntó con fingido interés.

—Si le digo la verdad, espero que no traten así a todos los que vienen a esta ciudad —respondió Damián sin miramientos, visiblemente disgustado—. Digamos que no demasiado bien, vamos a dejarlo ahí. Quisiera acabar cuanto antes con este trámite. Si lo prefiere, podemos hablar en francés.

—Oh, no, me encanta su idioma, me encanta España —le respondió el jefe gordo con algo de cinismo—. Veamos, tiene que dejarme su documentación policial y su pasaporte para que hagamos unas fotocopias y rellenar estos documentos, nada más... Bueno, y, por supuesto, dejar aquí su arma; no tema, que se la cuidaremos bien.

—¿Es imprescindible dejar aquí la pistola, señor Afani? —le preguntó Damián mientras le entregaba los documentos y echaba un vistazo a los papeles que tenía delante—. No estoy aquí para hacer turismo —ironizó con malicia—, no sé si se ha enterado de que vengo en misión oficial, escoltando a una persona, a una ciudadana española, por mandato del Ministerio del Interior español, y creo que no es conveniente tomarse a broma lo de andar enturbiando las «buenas relaciones» que mantienen nuestros países a nivel policial y diplomático, ¿no le parece? Y menos aún con semejantes estupideces.

Su insolente forma de hablar irritó evidentemente a su interlocutor, que cambió de talante y de gesto en un segundo.

—No estamos aquí, señor... —buscó su apellido en el pasaporte— Fuentes, para discutir sobre esto ni para crear malentendidos. Las leyes marroquíes son muy estrictas al respecto, no toleramos que ningún extranjero se pasee por ahí armado, por muy policía español que sea. Espero que lo entienda y colabore, de lo contrario me vería obligado a informar a sus superiores, y a los míos, claro, e invitarle a tomar el próximo avión de regreso a su país, y como no queremos eso, ¿verdad?, estoy seguro de que será tan amable de colaborar con nosotros.

—No queda otra, ¿verdad? —le preguntó con chulería e impaciencia Damián.

El gordo se limitó a mirarle fijamente a los ojos y negar con la cabeza.

—Entréguenos su pistola y el lunes por la mañana, en el aeropuerto, se la devolveremos. Eso es todo. Si necesitara de nuestros servicios para dar protección a esa mujer, lo haremos encantados, La Mamounia está bien guardada, no tema. Además tendrá dos hombres armados a su servicio día y noche; ya los conoce, son los que le han traído hasta aquí, y también está Mimón, mi mano derecha, el agente que está custodiando ahora mismo a la española. Los tres son buenos disparando, policías de élite, no se preocupe por nada.

Aquello fue la gota que colmó el vaso, pero Damián supo contenerse y aceptar lo inaceptable. Sería mejor. No iba a permitir que aquel capullo le jodiera lo de pasar el fin de semana cerca de Patricia. Se dedicaría a disfrutar lo que pudiera de aquella insólita estancia en un hotel de lujo en un país tan exótico como incomprensible para él.

Rellenó los papeles con desgana, los firmó y metió su pistola y los tres cargadores que llevaba encima, cada uno con quince balas, en la caja de seguridad que el oficial puso abierta sobre la mesa; luego este cerró la caja con cuidado, hizo girar la llave y se la enseñó a Damián balanceándola delante de sus narices, con un evidente gesto de superioridad, de ridículo triunfo. Antes de despedirse, el bellaco le entregó un recibo como justificante del depósito.

Damián le enseñó entonces su placa y las esposas.

—¿Y esto?, ¿no olvida esto? —le preguntó un tanto burlón.

—Esto no es necesario dejarlo aquí, puede quedárselo —le respondió con socarronería el gordo, volviendo a sonreírle con generosidad, aún más cínicamente.

Los dos tipos que, sin la más mínima duda, no dejarían de vigilarlos durante toda su estancia en Marrakech, lo llevaron de regreso a La Mamounia, lo dejaron en la puerta principal y desaparecieron sin decir una palabra, ni siquiera un «Hasta luego». Habían pasado al menos dos horas, como él calculó, y se sintió realmente agotado. Mientras pedía la llave de su habitación, antes de subir a darse una buena ducha, preguntó de inmediato por las chicas: las tres estaban en sus habitaciones.

En el gigantesco *hall* del hotel aún esperaba el grotesco esbirro que había quedado al cuidado de Patricia durante su ausencia, el tal Mimón, el del ridículo trajecillo azul. Se acercó a Damián y le dijo algo de nuevo incomprensible.

—¿Qué dices?, no te entiendo —le dijo a su vez Damián con cierto menosprecio.

—Unos dírhams para Mimón, *siñor* —repitió extendiendo la mano como un pedigüeño—, unos euros, algo para Mimón por hacer bien su trabajo cuando usted no está.

—Lo único que le voy a dar a Mimón es una buena hostia como no se vaya de aquí cagando leches —le gruñó en la cara, amenazante, apenas susurrándole pero al borde de explotar.

Si aquel era un policía de élite, cómo serían los demás, se dijo irritado.

A pesar de sentirse intimidado, el extraño poli le lanzó una mirada desafiante y después se marchó farfullando insultos, seguramente, o alguna maldición en árabe.

Uno de los botones acompañó a Damián primero hasta su estancia, por saber dónde estaba, y luego hasta la de Patricia, que se alojaba una planta más arriba, en la suite Koutoubia, con maravillosas vistas a los jardines y a la mezquita, además de tener una enorme terraza.

Despidió al chaval con una propina y llamó con cuidado a la puerta. Tardó un buen rato en oírla acercarse, pero él esperó pacientemente, sin insistir. Cuando lo hizo, cuando finalmente abrió la puerta, sintió que le temblaban las piernas y el alma. No podía estar más bella. Apareció descalza y vestida solo con un batín de seda color salmón, anudado a la cintura, entreabierto, que dejaba ver sus largas y preciosas piernas. Sin mediar palabra se abalanzó sobre él muy alborozada para rodearle con los brazos y colgarse un instante de su cuello, mientras dejaba un delicado beso en su mejilla. «Dios existe, sin duda», pensó Damián a punto de desfallecer de emoción, de sueño y de cansancio.

—¡Qué alegría! ¡Pero qué alegría que estés aquí! —le dijo absolutamente feliz de verlo de vuelta—. Ahora todo irá mejor que bien, verás...

Aquella inesperada efusividad dejó a Damián sin palabras, simplemente sonreía, seguramente con cara de idiota. De inmediato olvidó todo, el mal trago en la gendarmería, el arma y la munición dentro de la caja, la sensación de amenaza, todos los inconvenientes, incluso cuál era su verdadero cometido allí a su lado. Recordó por una décima de segundo las contundentes palabras de su querido José: «No eres su puto novio, eres su escolta»; pero le dio exactamente lo mismo, se sentía pleno de felicidad.

—¿Todo arreglado? —le preguntó ella desde el umbral de la puerta.

—Sí, todo arreglado —fue lo único que acertó a contestar.

—Bueno, pues entonces luego me contarás. Queremos ir cuanto antes a dar una vuelta por la ciudad, estamos ya impacientes. Voy a vestirme, que he quedado con las chicas dentro de una hora más o menos. Nos vemos abajo para salir y me cuentas qué ha pasado, ¿vale? —le dijo invitándole claramente a largarse, haciendo ya el gesto de cerrar la puerta.

Él aún tardó unos eternos segundos en reaccionar, en salir de la contemplación de aquella diosa, en espabilar y responder.

—Oh, perdón, claro que sí, abajo en una hora para salir. ¿Adónde vamos a ir? —Torpeó aún más al preguntar tan desmañadamente.

—¡Por ahí!, verás qué maravilla de ciudad. ¿No la conoces? ¿No has estado aquí nunca antes? Te enseñaré algunos rincones maravillosos. Primero tomaremos algo en el Café Francés y luego pasearemos, ya veremos hacia dónde, sin rumbo si hace falta. ¡Venga, date prisa!, no perdamos más tiempo —zanjó Patricia, entusiasmada, guiñando un ojo y cerrando la puerta con un gesto divertido.

Damián aún se quedó un rato así, completamente absorto, sintiendo cómo su tierna herida de amor se abría y sangraba dulce y generosamente, mirando los arabescos finamente labrados en la caoba oscura del portón de la suite, a pocos centímetros. No —se dijo para sí—, nunca antes había estado en Marrakech. Nunca antes había visto o sentido tan cerca tanta belleza. Nunca antes había experimentado algo así. Nunca antes había vivido nada igual. Nunca antes había olido un aroma tan extraordinario como el que emanaba de aquella increíble mujer. Nunca había admirado algo tan deseable y hermoso.

Le contrarió que los ojos se le llenaran de lágrimas. Se las enjugó con un gesto seco y después caminó a buen paso hasta su habitación sintiéndose aturdido, muy aturdido y muy extraño. Seguramente un breve descanso despejaría su mente, asentaría su ánimo y le haría volver a la vida, a la realidad, a su verdadera tarea. Mientras recorría los largos y lujosos pasillos, una frase volvió a retumbar absurda, insolente y molesta en su cabeza: «No eres su puto novio, eres su escolta, recuérdalo.»

Su habitación era de las más discretas, aunque no por eso menos lujosa y confortable; nunca se había alojado en ninguna ni siquiera similar.

Consiguió echar una corta pero reparadora cabezada y después de darse una buena ducha todo pareció distinto.

El frío y las hojas perdidas de octubre quedaron atrás, en Madrid. Pasaron todo lo que restaba del viernes disfrutando de la ciudad en un día que en todo parecía de suave verano, luminoso y templado, perfecto. Pasearon durante unas horas con y sin rumbo, dando vueltas y vueltas por la mundana y bulliciosa Marrakech. No era la primera vez que Patricia estaba allí y se desenvolvía con soltura tanto por las anchas avenidas como por las callejuelas de la Medina. Conocía muchos rincones de los que no suelen patear los turistas, y también sabía bien qué contemplar, dónde comprar, dónde beber y comer, siempre lo mejor. Estaba absolutamente radiante, escultural, hechizante, cautivada por aquel exotismo que sabía gozar y hacer gozar con serenidad, casi en silencio. De hecho, mientras sus dos amigas no pararon de parlotear y de dar charla a Damián, ella anduvo casi en todo momento bastante ausente y pensativa.

Almorzaron *tajine* de pollo al limón con verduras y

cilantro en el Café Árabe, tomaron té moruno en el Café Francés, como ella deseaba, y tras una larga y agotadora jornada regresaron al hotel mientras la llamada al rezo desde el minarete de la mezquita Koutoubia ya resonaba por toda la ciudad. Una luna resplandeciente ascendía rasgando con su brillo unas cuantas nubes perdidas, la creciente oscuridad.

Las chicas estaban impacientes por disfrutar del *hammam* de La Mamounia, del que hablaban maravillas. Tras el fabuloso baño de vapor y todo el ritual que conlleva, completamente relajadas, cenarían frugalmente e irían pronto a dormir. Ese era el plan. Querían levantarse muy temprano el sábado y aprovechar la jornada. Ante tanto disfrute y tanta alharaca, Damián no dejaba de sentirse un tanto estúpido, un tanto fuera de lugar, un tanto culpable, un tanto feliz.

Tal vez muy feliz. Patricia subió a su estancia a cambiarse y él, aunque resultara ya completamente innecesario, la acompañó como un autómata, siempre unos pasos por detrás y sin decir una palabra. Esperó fuera ya un poco impaciente por terminar la jornada y retirarse a descansar, estaba exhausto.

Cualquier desfallecimiento se esfumó diez minutos después cuando ella apareció envuelta en un albornoz, descalza y con el pelo recogido en una coleta. Abrió la puerta así y lo miró como indagando, como buscando adivinar su reacción al verla.

Damián no pudo ni supo disimular la candorosa fascinación que inundó sus ojos, algo de lo que ella fue consciente de inmediato. Adoraba cómo la mirada de aquel hombre, curtido y duro en apariencia, podía tornarse tan ingenua e infantil, pero no iba a decírselo. No.

—Si me vas a acompañar al *hammam* creo que tendrás que cambiarte —dijo ella en ese deliberado tono encantador y coqueto, algo burlón, que solía emplear cuando él estaba más desprevenido, más embobado. Un juego que lo descolocaba por completo y que a ella le resultaba muy divertido.

—No, solo iré contigo hasta allí y si acaso esperaré —contestó con esa estúpida sequedad con la que, a veces, disfrazaba sus sentimientos de forma completamente involuntaria.

Ella asintió con un pequeño y precioso gesto, y arrancó a caminar de nuevo delante de él hasta el recinto de los baños, posiblemente contoneándose algo más de lo habitual, caminando en todo momento muy despacio, casi de puntillas. Cada uno de sus pasos punzó el corazón de Damián, que no podía dejar de mirarla e imaginar su cuerpo bajo el esponjoso y níveo algodón del albornoz.

El escenario no podía ser más fastuoso. En la primera sala, a la entrada de los baños, esperaba una piscina de agua humeante que no cubriría más allá de las rodillas, rodeada de suntuosas columnas y enormes lámparas de suelo con velas que llenaban el lugar con una luz tenue y placentera.

—Me parece que aquí nos tenemos que despedir —dijo ella mientras deshacía el nudo del cinturón del albornoz y lo dejaba caer delante de él.

Para Damián todo eso transcurrió como a cámara lenta, el tiempo reverberó casi a punto de detenerse. Mientras se agachaba para recoger el manto blanco, por primera vez pudo admirar la verdadera magnitud de su belleza: llevaba un bañador negro, elegante y escueto, que dejaba sus hombros y toda su espalda al aire.

Se miraron durante un larguísimo instante en la penumbra, en silencio. Mientras por dentro sintió el impulso de abrazarla y besarla allí mismo, sin más, por fuera permaneció inmóvil, casi impasible, sin poder apartar sus ojos de ella.

Patricia suspiró con una leve sonrisa, se dio grácilmente la vuelta y entró muy despacio en el agua. Después se alejó suavemente, sin mirar atrás ni una sola vez. Al fondo, un altísimo y formidable espejo reflejó toda la beldad de aquella escena difuminada por el vaho; ella caminando entre la bruma del oscuro estanque mientras él, pasmado, con el albornoz bajo el brazo y las manos en los bolsillos, la miraba alejarse, perderse en las plácidas y umbrías entrañas del *hammam*.

Se dio cuenta de que, una vez más, tenía los ojos llenos de lágrimas y un áspero nudo en la garganta.

Se sintió muy angustiado. No estaba habituado a contemplar tanta hermosura, a emocionarse así, a sentir tan bellas y leves sacudidas en el alma...

Al salir del *hammam* se cruzó con Silvia y Claudia, que llegaban siempre algo tarde, siempre después; siempre andaban juntas y un poco a su aire, a su ritmo, sin agobiar demasiado a su admirada anfitriona, a su querida y generosa amiga. Patricia había invitado a las dos a disfrutar del fin de semana de lujo con todos los gastos pagados. Un pastizal.

Tomó un par de copas mientras la esperaba, un par de whiskies que le embriagaron en exceso a causa del cansancio. Cuando su diosa reapareció tras los baños se sintió flotar. Mientras caminaban hacia su suite, ella, absolutamente dichosa, eufórica, le fue relatando parlanchina los pormenores de aquella experiencia mágica y sensitiva, las bondades del vapor, el goce de los masajes con barro, los prodigios que había obrado en su piel todo el proceso.

—Mira —tomó la mano de Damián y la acercó a su rostro—, fíjate qué suavidad.

Patricia a veces entraba con él en esos ataques de ingenua verborrea incontenible, de simpatía desbordada, de coquetería sutil, lo que a ojos de Damián la hacía todavía más encantadora, más deseable.

Poco antes de llegar ante el portón labrado de su habitación, él «la detuvo» con suavidad. Se giró hacia ella, la tomó por los hombros e interrumpió su perorata, que aún seguía, posando mansamente sus labios en los de ella, que se rindió dócil a aquel seductor e inesperado beso. No rehusó su boca. Aunque la cosa no pasó de ahí, de un cándido, sensual y dulce beso en los labios, el más dulce que él jamás había probado. Durante un lapso de tiempo impreciso, la vida se detuvo y Damián acarició la gloria rozando aquellos sedosos pétalos.

Cuando él se separó, Patricia bajó la mirada, pensativa, pero no dijo nada. Luego lo miró un poco desconcertada y se marchó casi a la carrera, tal vez contrariada o tal vez buscando refugiar su embeleso en la intimidad de su cuarto. Metió la tarjeta en la ranura, empujó la puerta, entró y se perdió tras ella cerrándola con languidez. Damián se sintió fatal, absolutamente gilipollas e inoportuno, con seguridad la había cagado pero bien, definitivamente. «¡A quién se le ocurre!», pensó.

7

A primera hora de la tarde de ese mismo viernes, informaron a José Marín de que habían trasladado a Campanas al módulo de seguridad de un hospital, a la UAR (Unidad de Acceso Restringido) del Gregorio Marañón, allí estaba bajo custodia, debatiéndose entre la vida y la muerte, muy grave. Posiblemente la tensión, el nerviosismo o el pánico le habían provocado la apoplejía. Un accidente cerebrovascular severo, según le dijeron los médicos a Marín, quizás irrecuperable. En cualquier caso, iba a quedar muy tocado.

Así que la nueva situación cambiaba bastante las cosas: no podrían juzgarlo. Cualquier posibilidad de celebrarse una vista quedaba pospuesta a la espera de su evolución, hasta que no recuperara sus facultades normales. Eso era bueno para la policía, les daba tiempo, un tiempo muy valioso, aunque no podrían contar con su testimonio para aclarar las cosas. Todo eso si no la palmaba y se cerraba el caso. Aclarar ese crimen se había convertido para Marín en algo prioritario.

Le informaron de que el subinspector Marquina le llamaba por teléfono, era muy urgente. «A ver qué quiere ese gilipollas», pensó el comisario mientras cogía el aparato.

—Comisario, tengo algo muy bueno que contarle —le dijo emocionado, dando cierto misterio a sus palabras.

—Venga, dime, que me pillas muy liado —le respondió Marín, impaciente y poco convencido de que Marquina pudiera tener algo bueno que contarle.

—¿Sabe qué?, nos hemos puesto a rastrear el número que me ha dado, el del mosso, y... ¿sabe qué?

—¿Qué?, ¡venga, dime!

—Pues me he puesto machacón y no he parado de dar la brasa a estos para que insistieran en la búsqueda y ¿sabe qué?...

—¿Qué? ¡Joder! ¡Suéltalo ya!

—Pues que han dado con él. Bueno, durante unos minutos han localizado la señal, eso parece. Pensé que el cabrón lo habría tirado a un río o apagado para siempre, pero no, hoy lo ha encendido y lo han localizado. Bueno, no es aún seguro al cien por cien, ya sabe que a veces hay trazas erróneas, pero las coordenadas señalan algún lugar en los Pirineos. Es un punto de partida, ¿no? ¿Qué me dice? ¿Qué le parece?

—Me parece cojonudo, Marquina, una buenísima noticia, dame esas coordenadas.

—Me dicen estos que pueden ser inexactas, poco precisas, espere, que no han tenido mucho tiempo para cerciorarse, el caso es que señalan una población llamada Orlu, cerca de Ax-les-Thermes. Tome nota: 42º 42' 08" latitud Norte y 01º 53' 19" longitud Este. Métalas en el GPS y verá adónde le llevan.

—Buen trabajo, Marquina. Esto ya es algo, puede que esos numeritos nos lleven hasta ese tío, ¿quién sabe? Tú vente para acá echando hostias que nos vamos de viaje, luego te cuento.

Era otro as en la manga para Marín, otra posibilidad, algo más de luz. Pero antes de aventurarse a indagar en territorio francés tenían que estar más seguros. Ordenó que comprobaran las coordenadas y que se cercioraran de hasta qué punto esa pista podía ser fiable, ya se había llevado muchos chascos siguiendo señales de teléfonos móviles. Para él, lo primero sería viajar a Albacete: tenía un presentimiento. Ya se vería.

Cuando llegó Marquina emprendieron camino. Tomaron por la R-4 y la AP-36 y le dieron zapatilla al coche; en un par de horas estaban llegando a Albacete.

El padre de la chica vivía en el centro, frente a la plaza de toros, en un cuarto piso de la calle de la Feria.

Era un hombre de aspecto bondadoso y cansado, muy triste. Estaba destrozado por la muerte de su única hija. Primero, su mujer, y ahora, la niña. Había enviudado hacía diez años y, desde entonces, él había ejercido de padre y madre, sacando fuerzas de donde no las tenía, comiéndose la pena, y dedicando todo su amor, su esfuerzo y su tiempo a cuidar de su pequeña.

—Otros policías ya han estado aquí —les dijo—, ¿es realmente necesario volver a poner patas arriba la habitación de mi hija?

—Sí que lo es —replicó Marín—, podrían haber pasado por alto algún detalle importante, pero no la pondremos patas arriba, esté tranquilo, solo queremos echar un vistazo.

El hombre preparó café y sirvió unas tazas para Marín y Marquina. Les invitó a sentarse y el comisario aprovechó para conversar con él, con afecto y amabilidad, con comprensión por su drama, no quería que tuviera la sensación de estar siendo otra vez interrogado.

—¿Qué es lo que están buscando? —preguntó el padre a los policías—. ¿Qué esperan encontrar aquí?

—La verdad es que no lo sabemos con certeza —respondió Marín con tacto—, ojalá lo supiéramos. Algo que nos ayude a aclarar lo sucedido.

—¿Qué pasa? ¿No está demasiado claro? Ya han detenido al asesino. ¿Qué más necesitan? ¿Qué más andan buscado?

—Aunque no lo crea, nada está tan claro, de eso quería hablarle. Tenemos dudas razonables sobre la verdadera autoría del crimen.

—Ya nadie me va a devolver a mi hija, la mató ese hijo de puta, y ustedes andan buscando algo que pueda sacarlo de la cárcel, ¿cómo es posible eso? ¿Esperan que encima les ayude?

—No, las cosas no son así, señor Yeste. Tenemos algunas evidencias que nos hacen pensar que no está tan claro que la matara él.

—¿Qué evidencias son esas?

—No puedo hablarle de ello, forma parte del secreto profesional y del sumario. Pero créame, estoy casi convencido de que fue otra persona. ¿Mantenía su hija alguna relación con alguien que usted conociera? ¿Tenía algún novio del que le hablara?

—María salía con chicos, claro, pero no me hablaba de ninguno en concreto.

—¿Sabe si conocía a algún policía? ¿Si algún amigo suyo era policía? ¿Le suena haberla oído hablar de un tal Guillem Roura?

—No, para nada. Estos dos últimos años apenas supe de ella, nos veíamos muy poco. Cada vez venía menos por aquí. Acostumbrada como estaba a Madrid, Albacete le parecía un aburrimiento. Y no me contaba mucho cuando hablábamos por teléfono —se lamentó—. Me llamaba un par de veces o tres por semana. Los domingos siempre, cada domingo. —El pobre hombre sollozó emocionado—. Me gustaba tanto oír su voz...

Se levantó como se levantan los ancianos; a pesar de no tener muchos más de cincuenta o cincuenta y cinco años, estaba liquidado por la pena. Se acercó al aparador y tomó un par de fotos enmarcadas de su hija. Con mano temblorosa las acarició y se las acercó a Marín para que las cogiera.

—Mírela, mírela usted, era tan bonita... Ahí tendría veinte años; y en esta, tres o cuatro. ¿Qué va a ser de mí ahora sin ella? —gimió casi roto. Después se sentó de nuevo y guardó un largo silencio con la mirada perdida hasta volver a hablar—. Pero ¿a qué viene eso de preguntarme si tenía un amigo policía?, díganme, ¿qué tiene eso que ver?

—Es acerca de una de las evidencias, digamos. Creemos, sospechamos, que su hija tenía algún tipo de relación con un cabo de los Mossos d'Esquadra de Barcelona. ¿Sabe usted si viajaba alguna vez allí?

—No, la verdad es que no recuerdo, alguna vez por su trabajo, nada más. Lo que sí hizo fue estudiar Imagen y Sonido durante un año allí. Pero no me ha contestado, ¿qué tiene que ver?

—Creemos que ese hombre es quien realmente asesinó a su hija.

—Pero el presentador ese, estaba ahí, con ella... ¿Ahora me cuenta que no ha sido él?

—Las apariencias engañan..., disculpe, no recuerdo su nombre de pila.

—Pablo, me llamo Pablo.

—Disculpe, es verdad. Le decía, Pablo, que no hay que fiarse al cien por cien de las apariencias, muchas veces las cosas son confusas y en este caso lo son, y mucho. Aunque todo parezca acusar a ese hombre.

—¿Y por qué creen que ha sido el otro?

—No lo sé bien aún, llámelo corazonada. Ese policía mantenía largas conversaciones con su hija casi a diario, la llamaba, muchas veces de madrugada. Todo eso es muy raro. Imagine por un momento que Ramiro Campanas, a quien por cierto, le diré que hoy hemos sabido que le ha dado un infarto cerebral y está grave, no fue quien la mató. Imagínelo por un momento. ¿Podría estar tranquilo sabiendo que el verdadero culpable anda suelto y que un inocente paga por ello con su libertad?

—A lo mejor es castigo de Dios lo que le ha sucedido.

—Piense en lo que le he dicho.

—No, no viviría tranquilo. Lo único que quiero es que el cabrón que ha hecho eso pague por ello, hasta con su propia vida, pero claro, en este país ya se sabe, vale más un delincuente de mierda que cualquier ciudadano honesto.

—Pues si sabe algo o recuerda algo, o recuerda algo

de ese tal Roura, díganoslo. Nosotros nos ocuparemos de averiguar dónde está y pillarlo.

El hombre, apesadumbrado, negó con la cabeza.

Marín se palmeó los muslos con las manos y se levantó haciendo un ademán a Marquina de que lo siguiera: no había mucho más que hacer allí.

Echaron una última ojeada en el cuarto de la joven; resultaba tétrico comprobar cómo el tiempo y la vida habían quedado detenidas entre esas cuatro paredes. No encontraron nada más que sirviera de ayuda.

Le agradecieron su amabilidad al recibirlos en su casa y le rogaron que hiciera memoria, que intentara recordar hasta los detalles más nimios, cualquier cosa. Cuando ya estaban saliendo del piso hacia el rellano de la escalera, Pablo Yeste les pidió que esperaran.

—Un momento, por favor, hay algo que...

Entró en la casa y le oyeron rebuscar en algún cajón. Al poco regresó con un sobre marrón y acolchado en la mano.

—Tomen esto. Sé que debería habérselo dado antes, pero no me atreví, me da asco siquiera tocarlo. Ese hijo de puta y mi niña... —añadió lloriqueando de nuevo.

—¿Qué es? —preguntó Marquina, alargando la mano.

Mientras, Marín ya había cogido el sobre y miraba dentro.

—Son fotografías, unas asquerosas fotografías que

mi niña guardaba debajo del colchón, dentro de la funda del canapé, las tenía bien escondidas. Ni sus compañeros las vieron cuando me desmontaron la casa. Yo las encontré por casualidad, al hacer la cama, rocé algo extraño, palpé mejor y ahí estaba. Dejé su habitación justo como a ella le gustaba —desvarió—, le puse sus sábanas favoritas y le coloqué sus muñecos, sus peluches...

Marín ya no le escuchaba, y ya había sacado un pañuelo impoluto del bolsillo para coger las fotos con mucho cuidado sujetándolas por las esquinas. Las miró completamente asombrado.

Marquina, nervioso, risueño y confuso, intentaba hacer lo propio por encima de su hombro. Era un verdadero botarate. En el embalaje había al menos veinte fotografías en blanco y negro de Ramiro y María en la cama, en el apartamento de la chica. Desnudos, abrazados, besándose, lamiéndose, riendo, fumando; la mayor parte se podía decir que eran casi pornografía explícita. Alguien las había tomado desde la ventana del apartamento y estaban bien hechas, tenían calidad. Parecía que el ventanal estuviera abierto, seguramente aún hacía calor cuando se hicieron. Marín no sabía mucho de fotografía, pero era evidente que se tomaron sin flash, discretamente, usando una película de alta sensibilidad, y estaban bien enfocadas y bien encuadradas. Faltaba ver a qué distancia se habían hecho, con qué tipo de objetivo. Las conclusiones, en cualquier caso, tendrían que sacarlas los expertos cuando las analizaran con detalle en el laboratorio.

—¡¿Cómo nos ocultó usted esto?! —Marín casi gritó al padre de la chica—. ¿Sabe usted que estas fotografías lo cambian todo? ¿Sabe que es un delito ocultar pruebas y entorpecer una investigación?

—¡Yo qué iba a saber! Las encontré por casualidad y me parecieron asquerosas, a punto estuve de quemarlas y olvidarme de ellas.

—Vamos a ver, Pablo, estas fotografías pueden significar muchas cosas —inquirió Marín con impaciencia—; imagine que quien las hizo buscaba chantajear a Ramiro Campanas, ese tío es rico. Imagine que fueron tomadas con el consentimiento de su hija, y que el que las hizo fue él, el policía. ¿Sabe usted? ¡Es fotógrafo!

—Mi hija no sería capaz de hacer algo así. No...

—Entonces, dígame, ¿por qué las tenía ella escondidas debajo del colchón?

—No lo sé —susurró desalentado.

—Todo está más claro ahora, ¿no lo ve? Quizás ese cabrón quiso hacerle chantaje a Ramiro Campanas, y cuando su hija trató de impedirlo la mató precisamente por eso. ¡Vaya, señor Yeste! —exclamó satisfecho—, nos ha dado usted la que puede ser la solución a este caso —le dijo con absoluto entusiasmo—. Y yo que pensaba que no la encontraríamos, no tan fácilmente al menos.

—Y ahora, ¿qué hago yo? —preguntó el hombre, asustado—. ¿Qué me va a pasar?, ¿qué me van a hacer por haberlas ocultado? Eso es grave, ¿no?

—Mire, aquí mi colega y yo vamos a mirar para otro lado. Las encontramos nosotros debajo del colchón, usted no sabía nada de todo esto, ¿de acuerdo? Yo no le he dicho nada. Echamos un vistazo y las vimos, fue una torpeza del equipo que estuvo aquí no dar con ellas —le respondió Marín serio y tajante aunque guiñándole un ojo—. Usted no sabía nada, las encontramos nosotros. Usted qué iba a saber. ¿Entendido? Lo dejaremos así.

Tras tranquilizarlo, hacerle prometer que sería absolutamente discreto y asegurarle que lo mantendrían informado de cualquier avance del caso, Marín y Marquina emprendieron regreso a Madrid con la cesta llena: habían pescado un pez de los grandes. Aquellas fotografías lo cambiaban todo, todo, repetía el comisario una y otra vez para sí y para asombro del inspector Marquina, que aún no había comprendido del todo el fondo del asunto.

8

El cielo de Marrakech amaneció amarillo, toda la ciudad estaba cubierta de la fina arenilla amarillenta que el viento traía del desierto. Ese ventoso sábado también empezó mal para Damián. Se despertó muy temprano y con un tremendo dolor de cabeza, tenía cierta resaca. Y no se le ocurrió otra cosa que ir a ver a Patricia nada más levantarse. Quería disculparse por su atrevimiento, por su desacierto al besarla, por haber desaparecido, ya que la noche anterior, tras el episodio del beso, decidió asaltar el nutrido minibar y quedarse en la habitación, ni siquiera bajó a cenar con ellas. Bebió demasiado, tanto que se desentendió por completo de su única obligación: no perderla de vista, cuidar de ella.

Se sentía fatal, se había comportado como un verdadero estúpido. Se duchó, se afeitó, se vistió deprisa, y llamó por teléfono a Patricia.

—Buenos días, perdona que te moleste pero quisiera hablar contigo un momento —le explicó—, ¿te importa que pase un instante por tu habitación? O si lo prefieres nos vemos abajo. Lo que quieras.

Ella se lo pensó antes de contestar.

—Claro, puedes venir, acaban de traerme el desayuno, si te apetece puedes tomar café conmigo —dijo con un hilo de voz, casi susurrando, no debía llevar mucho despierta—, ya sabes que detesto desayunar sola, pero dame un momento, acabo de abrir los ojos.

—Muy bien, en quince minutos estoy allí, ¿te parece? —le preguntó, pensando que a lo mejor era demasiado pronto, que posiblemente necesitaría más tiempo.

—Me parece —contestó ella—, te espero.

Abrió la puerta envuelta en su fascinador batín de seda color salmón, con el pelo desordenado y los ojos y los labios un poco hinchados aún por el sueño, sin un ápice de maquillaje. No podía ser más bella incluso así, recién levantada. Damián se azoró una vez más al verla y ella una vez más lo notó claramente.

—Pasa, por favor, no te quedes ahí —le invitó sonriente a entrar—. ¿Quieres café? ¿Qué querías decirme? Suéltalo.

—Quería disculparme por mi comportamiento de

ayer. Por todo, ya sabes. No debí hacerlo, no sé qué me sucedió —dijo, cabizbajo, sentándose a la mesa frente a ella.

—¿A qué te refieres? —preguntó Patricia haciéndose la lerda.

—A todo. A mi actitud. Al beso. A mi ausencia. Eso es lo peor, jamás desatiendo mis obligaciones —se justificó titubeante—. Pero estaba demasiado aturdido y cansado, tal vez, no sé...

—¡Ah! El beso. —Insistió en hacerse la tonta mientras untaba mermelada en una tostada—. Tampoco fue para tanto, ¿no?

—Nunca debí hacer eso, lo siento de verdad, te suplico que me disculpes.

—No tuvo importancia, son cosas que pasan —respondió ella, pensando en cómo diablos hacerle saber cuánto le había complacido ese pequeño beso. Hacía mucho que nadie la besaba así, que nadie la besaba.

—Me sentí fatal, de verdad —insistió Damián—. Y además lo de quedarme en mi cuarto anoche, eso sí que no sé cómo perdonármelo, ni sé si tú sabrás hacerlo.

—No te preocupes, yo anoche no me moví del hotel, estaba agotada y el *hammam* me dejó muerta. Cené algo en la cama, vi a medias una peli y me dormí plácidamente. —Diciendo esto intentó tranquilizar la mala conciencia de Damián—. Estuve segura en todo momento. Las chicas sí que salieron por ahí un rato —le comentó refiriéndose a Silvia y a Claudia—, estuvieron en Pachá y conocieron a unos chicos, lo pasaron bien. Acabo de ver el mensaje que me dejaron a las tantas. Tardarán en levantarse, seguro. Por cierto, esta noche deberíamos ir allí, parece que es un local muy divertido y está muy cerca de aquí, ¿no te apetece?

—Yo iré a donde tú vayas, ya sabes. No volverá a ocurrir. Bueno, ya no habrá muchas más ocasiones. —Dijo esto como sin querer decirlo y dejando en el aire un halo de intriga.

—¿A qué te refieres? —preguntó ella con interés.

—Creo que ya no estaré mucho más tiempo contigo, creo que tras este viaje me relevarán —le soltó mientras daba vueltas al café sin atreverse a mirarla.

No pudo ver que el gesto de la cara de Patricia cambió por completo, que realmente se sintió contrariada ante esa afirmación.

—Eso no puede ser, Damián, ¿van a ponerme a otro escolta? —respondió un tanto alterada—. Pero yo prefiero que seas tú quien...

—Nada me gustaría más, pero es complicado.

—¿Cómo que es complicado? ¿Te has hartado de mí? Tampoco soy tan mala, ¿no? —dijo en un tierno tono casi infantil. La adoraba.

—No, no es eso. Tengo que atender otro caso, ayudar a un colega con un asesinato. Es un buen amigo y compañero. Te hablé de él, José. Un caso complicado.

—¿Un asesinato? Y lo dices tan tranquilo...

—Sí, habrás oído algo en las noticias, el caso de ese presentador famoso, un tal Campanas, yo no sabía quién era, ni siquiera tengo tele en mi casa. No la veo mucho. Pero a este hombre lo conoce todo el mundo, ha sido un escándalo.

—¡Qué interesante! Sí, lo conozco. Pero a lo que íbamos, no quiero que te vayas —le dijo mirándole a los ojos—. ¿A quién van a poner en tu lugar? ¿A otro como esos dos con los que me dejas cuando acabas tu turno? No me gustan, nada, son tan, tan vulgares, tan antipáticos, tan policías... Tú eres distinto, tú no pareces un poli. Bueno, sí, pero no eres como ellos...

—Me agrada mucho oírte decir eso, pero no puede ser. Me temo que no hay remedio. Además, yo...
—A punto estuvo de decirle que ya no podía más, que no aguantaba ni un minuto más a su lado sin poder abrazarla, sin besarla. A punto estuvo de decirle que la amaba locamente, pero fue sensato y se calló.

—Tú, ¿qué? —insistió ella, devorando sus ojos con la mirada.

—Yo también estoy deseando ocuparme de ese asunto que te digo —mintió.

—O sea, que ya estás harto de seguir a la «niña pija» de aquí para allá —replicó contrariada, levantándose—. Sé que eso es lo que pensáis de mí, no creerás que soy tan imbécil como para no darme cuenta.

—Es injusto que me digas eso, Patricia. Desde el primer instante, desde que te conocí la tarde en que te atacaron, me he volcado en protegerte, en cuidar de ti, en hacer todo esto más sencillo, en hacer bien mi trabajo. Sabes que te respeto y te admiro.

—Haces tu trabajo, simplemente, ¿no? Seguramente lo harías igual por cualquiera...

—No, no lo haría igual, bueno, sí —se enredó—. Pero nunca sería lo mismo. A mí...

—¿A ti, qué? —le respondió apoyada en el quicio de la puerta del enorme balcón con la voz un tanto rota.

—A mí me encanta estar contigo, creo que es evidente. ¿O no se me nota?

—No lo sé. No hace falta que finjas ahora. Déjalo. No creo que sea así. Eres muy amable, eso es verdad, pero no creo que te «encante», como tú dices, estar conmigo. —Parecía disgustada de verdad—. No te pagan para eso, además. Haces bien tu trabajo y nadie te pide que yo te caiga bien.

—Me caes mejor que bien...

—Eso se lo dirás a todas —respondió ella entre abatida y burlona.

—No, no se lo digo a nadie... —confesó él tímidamente, un tanto apesadumbrado.

Después se hizo un incómodo silencio. Tal vez ya no había mucho más de qué hablar.

—Bueno, se está haciendo tarde —dijo ella por llenar el vacío—. Nos espera una larga jornada. Hay mucho que ver y hacer aún en Marrakech, ¿no te parece? Además quiero ir de compras.

—Sí, claro, os esperaré abajo, pediré que esté listo el coche —dijo levantándose veloz.

—Aunque si lo prefieres puedes quedarte en el hotel, no nos pasará nada. En el fondo es bastante ridículo que hayas venido hasta aquí, ¿no? ¿No tienes la sensación de haber venido para nada? ¿No crees? Siempre he sabido defenderme sola y aquí ten por seguro que no corro el más mínimo peligro, lo sabes, ¿verdad? —Le habló con cierta e inesperada insolencia, un tanto teatrera.

—Nunca se sabe dónde está el peligro —le respondió él muy en serio—. No entiendo por qué me dices esto ahora, sabes que yo cumplo con mi obligación.

—Es cierto, perdona, es tu obligación por absurda que sea...

—Creo, Patricia, que te estás equivocando, no creo que... —Interrumpió su discurso en ese punto y luego continuó hablando con más severidad—. No creo que sea necesaria esa actitud por tu parte. No te preocupes, no te marearé lo más mínimo, estaré pendiente de ti en todo momento pero mantendré cierta distancia para no molestarte. Iré adondequiera que vayas hasta que regresemos a Madrid y luego no tendrás que aguantarme más.

—Me parece muy bien —respondió ella también con sequedad—. Así me gustan las cosas, claras. No hay mucho más que decir, ¿verdad? Nos vemos abajo en media hora más o menos.

Cuando Damián salió de la habitación, ella rompió a gimotear, aunque sin demasiados aspavientos. Los ojos se le llenaron de lágrimas y el pecho, de sollozos. Se sintió completamente estúpida. ¿Por qué había sido tan antipática con él?, se lamentó. ¿A qué había venido eso? No quería dejar de ver a Damián. No quería dejar de tenerlo cerca. No quería dejar de oír su voz. Hacía que se sintiera segura, realmente segura, y adoraba esa forma suya de mirar y de hablar, como un pobre niño abandonado. Intentaría arreglarlo a lo largo del día.

Sabía cómo hacerlo y lo consiguió, como casi todo lo que se proponía. Silvia y Claudia se quedaron en la suntuosa piscina cubierta del hotel tomando el sol que ya entraba a través de los ventanales, descansando de los excesos de su noche de farra. Damián y Patricia saldrían solos a pasear por la ciudad. Dios existía, sin duda, pensó Damián una vez más cuando Patricia le llamó para informarle del nuevo plan.

Ella se disculpó nada más verle, con sinceridad. Se subieron al coche sintiéndose dichosos, atolondrados. La situación era un tanto embarazosa, los dos ahí solos, mirándose con una sonrisa boba, sin saber bien qué decirse tras la tonta discusión que habían mantenido apenas una hora antes.

—¿Has montado alguna vez en camello? —le preguntó ella por romper el hielo.

—No, no lo he hecho, como tantas otras cosas.

—Pues lo primero sería precisamente eso.

Fueron hasta las afueras de la ciudad, hasta el gran palmeral que rodea parte de Marrakech y allí alquilaron los servicios de dos camelleros y de un par de animales. Dieron un paseo a lomos de las imponentes bestias mientras porfiaban divertidos sobre si eran una cosa o la otra, ¿camellos o dromedarios?, ¿cuál tenía una o dos jorobas? Damián llevaba razón: aquellos eran dromedarios y tenían solo una chepa. Patricia le replicó, deliciosa, que para ella todos siempre serían camellos, se pusiera como se pusiera.

Después recorrieron parte de la muralla de la Medina y pasearon entre las espectaculares buganvillas de los jardines de Majorelle, entre sus casas añiles y azules. Visitaron el memorial de Yves Saint Laurent y el palacio Bahia. Entraron descalzos en la mezquita Koutoubia y se perdieron mientras pateaban las laberínticas callejuelas del zoco. Curiosearon entre los tenderetes de la plaza Jamaa el Fna y tomaron té y dátiles en un primoroso café.

A la hora de comer, Patricia eligió un pequeño y delicioso restaurante, Le Foundouk, hasta el que llegaron completamente agotados de tanto caminar, de tanto parlotear, de tanto reír. Se sentaron a una mesa recoleta y apartada, estaban casi solos en el local. Patricia no paraba de hablar y Damián disfrutaba escuchándola. Propuso comer cuscús.

—El cuscús, mejor esta noche, ¿no te parece? —le propuso ella mirando la carta—. En el hotel preparan uno de los mejores que he probado, y luego lo bajamos con unos *dancings* en Pachá. Mejor ahora pedimos unos *briwat* de pollo con almendras y una ensalada.

—Me parece bien, no sé qué es el *briwat*, pero seguro que me gusta. Y un buen vino.

—¡Bebes estando de servicio! Oh, qué imprudencia. ¿Qué será de mí? —le dijo con picardía. Y luego le explicó—: Son unos pastelillos de hojaldre rellenos, muy ricos, típicos de aquí, están deliciosos, te gustarán.

—Lo he pasado muy bien. Lo estoy pasando muy bien. No estoy acostumbrado a hacer estas cosas —le confesó—. Normalmente solo me dedico a trabajar, a estar rodeado de gente burda, demasiado ruda y maleducada. Creo que no recuerdo la última vez que me divertí tanto como hoy. No lo recuerdo, tal vez nunca.

—Yo también lo he pasado muy bien. Eres muy divertido, cuando dejas de hacerte el poli serio y reconcentrado.

—Soy un poli serio y reconcentrado —la corrigió él riendo—. No sé hacer otra cosa.

—Oh, claro que sabes. Eres un hombre interesante y misterioso. No hablas mucho, no cuentas casi nada, pero hay algo ahí...

—¿Qué quieres que te cuente?

—Te propongo un juego. Cada uno dice algo que cree saber del otro. El que acierta tiene derecho a hacer una pregunta íntima. Pero hay que ser sincero, no vale mentir. Por ejemplo, yo creo que tú estás enamorado —le soltó mientras él enrojecía—. No te azores, tonto, que es solo un ejemplo. A ver, ¿he acertado?

—Has acertado, puedes hacerme una pregunta.

—¿Hace mucho?

—No.

—Pero eso no vale, no valen respuestas tan cortas, no vale responder con monosílabos —protestó ella riendo, feliz con el tonteo.

—Me toca —replicó él—: creo que tú en el fondo no encuentras lo que buscas a pesar de tener casi todo lo que quieres.

—Eres muy perspicaz —respondió ella después de pensar un rato—. Seguro que te encanta interrogar y que eres bueno haciéndolo, tendré que tener cuidado contigo.

—Y, ¿he acertado o no?

—Sí, sí, has acertado. Puedes preguntar.

—¿Estás enamorada?

—Eres tramposo y malo, no vale copiar las preguntas —le reprochó ella haciendo una de esas muecas que desarmaban a Damián por completo. La hubiera besado justo en ese momento, largo y tendido.

—No has especificado las normas y aún no has respondido.

—No lo sé. Esa es mi respuesta, de tres sílabas.

—¿No quedamos en que no valían respuestas cortas?

—¡Oye, son tres! Es que no lo sé. No puedo mentirte. Pudiera ser...

—¿Quién es el afortunado? —insistió él.

—Oh, no, ya no puedes seguir preguntando, ahora me toca a mí. Solo una pregunta por turno. Perdió usted su oportunidad, caballero —dijo ella con voz de falsete.

—La tramposa creo que eres tú. —Damián rio con ganas. Estaba absolutamente seducido por aquella conversación adolescente y banal, por ella, por la luz, por el ambiente, por el vino, por la comida, por la música, por todo.

Mirándole a los ojos, que le brillaban de forma especial, ella pensó que era un hombre realmente bello. Pero no dijo nada.

—Me toca de nuevo —dijo frotándose las manos, gratificada—. Creo que estuviste muy colgado de alguna mujer y que algo sucedió que te dejó marcado para siempre. —Hizo la afirmación casi sin mirarlo, con cierta gravedad.

—Has acertado, puedes preguntar otra vez —respondió él también sin mirarla, mientras llenaba las copas una vez más con un Clos Des Papes del 2004, un vino tinto exquisito del valle del Ródano que ella había elegido segura de lo que hacía. La chica tenía clase de verdad.

—¿Qué pasó? —inquirió tajante.

—Nada bueno.

—No, no, no. No valen respuestas cortas, ya sabes. —Ella rio una vez más, aun sabiendo que probablemente Damián no tenía ganas de hablar de ello.

—Sucedió hace mucho tiempo. Dejé de creer en las cosas del amor, suena cursi pero así fue. Me enamoré de una chica, creo, vivimos juntos un tiempo, hicimos muchos planes, nos amamos mucho y muy intensamente. Cuando yo creía que todo iba mejor que nunca, ella me dejó por otro. Lo típico, seguro que fue culpa mía. Me dolió infinitamente y, como dices, me quedé tocado, es posible. Perder la confianza es algo muy delicado. Fue muy doloroso...

—Vaya. A todos nos ha pasado alguna vez algo así, ¿no? Pero hay que volver a confiar.

—¿Te ha pasado a ti?

—No, a mí, no —contestó riendo de nuevo—. Pero conozco muchos casos. Es triste, sí. Aunque seguramente ella no era la mujer de tu vida, así que mejor que sucediera, ¿no?

—Tienes razón. Seguramente fue lo mejor que pudo pasar. No lo era, no era la mujer de mi vida.

—¿Y quién es la mujer de tu vida? ¿Cómo es? A lo mejor aún no la has encontrado.

—Sí, sí que la he encontrado. Una putada.

—Oh, vaya. Qué interesanteee. —Dijo aquello prolongando deliberadamente el sonido final de la «e», divertida y algo turbada. Damián no dejaba de mirarla a los ojos intensamente—. ¿Una putada? ¿Y eso? ¿Ya la has conquistado? ¿Lo has intentado al menos? —preguntó impaciente.

—¿Esta ráfaga de preguntas forma parte del juego? —ironizó—. ¿No te has saltado un turno? Me tocaba a mí...

—No, estas son aparte. Es un pequeño receso, tenga usted la gentileza de atenderme —contestó, coqueteando con él deliberadamente.

—No creo que sea posible conquistarla, ni siquiera lo he intentado. —Damián contestó cada vez más convencido de que los dos, en el fondo, sabían de qué estaban hablando. Pudiera ser.

—Pero ¿cómo puedes estar tan seguro de eso? ¡Siempre hay que intentarlo! —respondió Patricia con fingida indignación—. ¿Y si por no hacerlo dejas escapar al amor de tu vida? ¡Imagínate qué tristeza!

—¿Sabes lo malo de haber conocido al que seguramente sea el amor de mi vida?

—Oh, no, no lo sé. ¿Qué? —repreguntó impaciente ella.

—Que ya nunca nada será igual. Que ya nunca miraré a una mujer con los mismos ojos. Que estoy seguro de que ya ninguna volverá a hacerme sentir lo que siento ahora.

—¿Lo que sientes ahora? ¿Y ella sabe lo que sientes? ¿Se lo has dicho?

—No, claro que no. No me atrevo.

—Y ¿por qué no te atreves? ¿De qué tienes miedo?

—De haberme equivocado. De que me diga «Pero ¿tú qué te has creído, imbécil?». De saber que no hay nada que hacer. Prefiero vivir con la ilusión de un «a lo mejor» que con la frustración de un «no». Prefiero quedarme con la incógnita a tener la certeza. Ya sabes...

—¡Qué bonito eso que has dicho!, pero es muy estúpido.

—¿Estúpido y bonito? Insisto: me tocaba a mí, era mi turno —dijo Damián fingiendo enfado mientras se acercaba el camarero a retirar los platos y ofrecer los postres—. ¿Pedimos algo a medias? Yo tomaré un café solo.

—Sin nada de azúcar, pero nada, por favor, que al caballero no le gusta el dulce —bromeó ella mientras el camarero tomaba nota—. Yo tomaré té con mucha hierbabuena y naranjas dulces.

—Creo que tú también guardas algo que no confesarías fácilmente, algo que te eriza por dentro, algo que te tiene preocupada aunque no lo digas ni lo dejes ver.

—Has acertado, te toca preguntar, aunque creo que ya no tenemos tiempo para más. La partida está terminando, señoras y señores, *je ne vais plus* —bromeó, fingiendo ser crupier o árbitro de un reto—. No sé si podré responderte. A ver...

—¿Tienes una relación con alguien? ¿Tienes novio o algo así?

—¡Uf! Lo que te digo: tu pregunta es demasiado compleja para responderte en tan poco tiempo. Este juego solo se podía jugar en esta mesa, este era el terreno de juego, y ya nos van a traer la cuenta. Se hace tarde, ¿no te parece?

—Me conformo con un sí o un no. Aprovecha el último tiro, a lo mejor haces canasta en los segundos que quedan.

—Es complicado. Mis padres están deseando casarme y ya creían que sí. Pero no. Hubo una especie de novio. Un tipo con el que empecé una relación hace un año, un empresario vasco, muy rico y notable, ya sabes, uno de esos. Pero no. La verdad es que no. La verdad es que estaba hasta el gorro de él y de sus idioteces y de sus celos y de sus ganas de controlarme. Hace un par de meses lo dejé aparcado, mal aparcado para que se lo llevara la grúa. Hay quien piensa que seguimos, muchos lo creen, incluso mis padres. Pero no, para nada. Seguramente hasta él de algún modo lo siga creyendo. Es tan prepotente... Pero no. No era el hombre de mi vida. Así que puede que si no aparece pronto el «amor de su vida», Patricia se arriesgue a quedarse «para vestir santos». Muchas de mis amigas ya se han casado o están pensando en ello, y yo, ya ves. Sin demasiadas perspectivas. Tal vez soy demasiado exigente, puede ser, no lo sé. No sé si...

—¿Me dejas pagar la cuenta? —Damián cortó su discurso sacando de la cartera la tarjeta de crédito.

—¡Para nada!, ¿estás loco? Encima vas a pagar tú. Eso es cosa mía. Tú estás aquí por obligación, nada más. No te lo voy a permitir —le dijo tajante, sacando dinero en efectivo y poniéndolo en la bandejita de plata.

—Muchas gracias, eres muy generosa.

—No digas tonterías. Venga, vámonos, antes de volver al hotel quiero pasar por el zoco y comprar un precioso kaftán al que he echado el ojo.

—Oye, ¿qué es un kaftán?

—Eres tan adorable... ¿De verdad no lo sabes? Ahora lo vas a ver. Y puede que esta noche me lo ponga para la cena. Venga, vamos, que a lo mejor tengo suerte y me cruzo por ahí con el hombre de mi vida —le dijo guiñándole un ojo con mucha picardía—. No querría que otra se lo llevara.

Patricia compró su túnica hecha a mano, su kaftán de princesa árabe. Eligió uno en suaves tonos marrones con adornos almagres y dorados, finamente bordado, largo hasta los pies y de mangas muy anchas. Sería maravilloso vérselo puesto por la noche, pensó Damián, y aún más, poder desabrochar muy despacio los cien botones de aquel lienzo para descubrir debajo su belleza desnuda. No pudo evitar imaginarlo cuando ella lo llamó desde el probador para que le diera su opinión.

—¡Estás preciosa! —dijo simplemente, pero con tal rotundidad que a Patricia no le cupo duda del acierto.

Regresaron al hotel caminando lentamente, hablando todavía de mil cosas y de nada a la vez, demorándose, intentando prolongar ese deleitoso paseo.

Como de costumbre, él la acompañó hasta la puerta de su habitación y, cuando ya iban a despedirse, ella sacó del bolso un frasquito de perfume, pulverizó un poco en el aire y en su muñeca y la acercó al rostro de Damián dándole a oler.

—¿Te gusta? Es Vintage Gardenia, de Jo Malone —le dijo sin venir a cuento.

A él ya le volvía loco aquel aroma, desde el primer instante, desde que lo olió en la comisaría aquella tarde.

—Me encanta —respondió como un chiquillo desconcertado—. Huele a ti.

Aquella contestación tan escueta, delicada y obvia conmovió a Patricia, que le sonrió de una forma perturbadora. Sin mediar más palabras, aproximó sus labios a los de Damián y los besó tiernamente.

—Este te lo debía —le dijo en un susurro—. Gracias por todo, lo he pasado muy bien contigo.

—Prometí que no volvería a suceder —respondió él absolutamente hipnotizado.

—No has sido tú, tonto, y además —añadió dándose la vuelta sin dejar de mirarlo y guiñándole un ojo—, ¿quién te dijo a ti que yo no quería que volviera a suceder? Nos vemos abajo para la cena, estoy agotada, descansa tú también.

Cerró la puerta sin más y Damián se descubrió otra vez ahí plantado, petrificado, mirando a medio metro el artesonado del portón, como un verdadero y embelesado idiota. ¿Cómo no enamorarse de una mujer así? ¿Cómo evitarlo? Realmente también él estaba reventado, flotó por los pasillos hasta llegar a su cuarto, se quitó los zapatos y la chaqueta y se tiró en la cama sin poder dejar de pensar en ella, con el corazón latiéndole deprisa, desbocado. Puso la alarma del despertador para que sonara sesenta minutos después e intentó dormir un rato.

9

En Madrid, los especialistas en fotografía sacaron conclusiones solo con echar un vistazo rápido a las instantáneas. Encontrar huellas fue mucho más complicado. Las había, y muchas, pero todas eran de la joven o de su padre; salvo en un par de ellas, en las esquinas: en algún momento, una tercera persona debió de intentar cogerlas sin dejar las marcas de los dedos, pero algo quedó, aunque eran prácticamente inutilizables. No obstante, lo intentarían, las compararían de algún modo con las del cabo Roura, tenían algunas ya en su poder. Por increíble que parezca, por una estúpida norma que contempla la Ley de Protección de Datos, la policía española no puede cotejar las huellas dactilares de los sospechosos con las que se guardan en la base de datos del DNI. Aunque siempre hay formas de hacer trampa.

Era evidente que las fotos fueron tomadas en verano, a finales de agosto o primeros de septiembre, al menos antes de que empezara a refrescar en Madrid, ya que la ventana estaba abierta de par en par, y ellos, plácidamente desnudos.

Poco a poco, Marín fue recomponiendo el puzle. Probablemente, poco antes de liarse con el presentador, la joven mantenía un romance, un lío, con Guillem Roura. Cabía la posibilidad de que lo hubiera conocido durante el año que pasó en Barcelona estudiando Imagen y Sonido. Un curso es tiempo más que suficiente para conocer a un tío y liarse con él. Los círculos se iban cerrando. Seguramente empezaron a salir; luego ella volvió a Madrid, pero se siguieron viendo de vez en cuando, aquí o allí, o a medio camino, quién sabe. Quizá Roura la convenció para que sedujera a Campanas y para que se lo follara e hiciera las fotos y así poder chantajearlo. Y por alguna razón quiso hacer más fotos la noche del 6 de octubre.

Lo primero que debían hacer era intentar encontrar alguna pista en las fotografías, averiguar el lugar exacto desde el que se hicieron, hacer una reconstrucción de los hechos, buscar más huellas, algún nuevo testigo. Tal vez algún vecino viera algo aquella noche. El subinspector Pacheco se encargó de buscar entre muchas posibilidades hasta dar con el tiro de cámara más aproximado y el encuadre más similar, en semejantes condiciones de luz. Hizo centenares de fotos por la ventana hasta que averiguó con bastante exactitud cómo se habían tomado, lo más aproximado.

Cuando Marín tuvo las fotos hechas por Pacheco, se puso a analizarlas y a compararlas con las originales, y empezó a hacer hipótesis sobre lo que podría haber ocurrido la noche en que María fue asesinada.

Roura, que al parecer tenía llaves de la casa, debió de llegar a la habitación mucho antes que Ramiro y María, y se escondió ahí fuera, sobre el ancho y largo alféizar que corría justo bajo las dos ventanas del apartamento. Esperó a que hubiera oscurecido, saltó, era extremadamente sencillo, y se tumbó ahí, medio oculto tras los aparatos de aire acondicionado. De algún modo ella le haría saber que iban de camino, con un mensaje o una llamada perdida, o simplemente notó su presencia al entrar y encender la luz. Debió de ser muy paciente. Esperó a que se enrollaran, a que el sexo cegara y ensordeciera a Ramiro. Posiblemente pidió a su chica que esa noche fuera especialmente ardiente con él, que lo volviera loco y mantuviera su éxtasis todo el tiempo posible. Fumaron marihuana y tomaron unas cuantas copas, se creó el ambiente perfecto para follar despreocupados, desinhibidos, sin el más mínimo pudor.

Una vez que empezó la sesión, una vez que se hubieron calentado de verdad, Roura tendría que arriesgarse a disparar a tan poca distancia, pero no sería sencillo que Ramiro pudiera verlo, ya que el cabecero de la cama estaba bajo la ventana de la escueta habitación y María Yeste estuvo atenta en todo momento de tenerlo ocupado entre sus piernas, bajo su culo, o besándole con tal pasión que apenas tenía tiempo de respirar, de abrir los ojos.

Llegado el momento, ella insistió para que su apasionado amante saliera a buscar tabaco y algo de comer, una mujer desnuda puede ser muy persuasiva y un hombre satisfecho puede ser un verdadero borreguito. Así que Campanas se vistió y salió a cumplir los deseos de su amada.

En ese momento, el pájaro entró, saltó dentro de la habitación, y por alguna razón debió de entablarse una discusión entre los dos. Seguramente estaba loco de celos, encabronado y muy caliente. Pero ese tío fue listo, no dejó nada que pudiera delatarlo. Puede que la chica se arrepintiera profundamente de aquella farsa, de aquella felonía, que no quisiera coaccionar a ese pobre hombre, y le montara el pollo; puede que a él se le fuera la mano, puede que la golpeara con la cámara y el muy hijo de puta la mató. Los de la Científica apuntaban a algún objeto contundente y anguloso, posiblemente de bordes rectos, cuadrado, bien podía ser un martillo.

La dejó ahí tirada y se marchó lo más discretamente que pudo; a esas horas, en esa corrala, era difícil que nadie le viera. Ella estaba llena del semen de Campanas, llena de su saliva, de restos de su ADN; todos los fluidos que encontrarían en el cadáver, todas las huellas serían de aquel imbécil, todas las evidencias le acusarían. Roura no había tocado nada. Puede ser que incluso esperara a que regresara Campanas y que poco después él mismo llamara a la policía desde la cabina. El caso era que pillaran al presentador allí, que la culpa cayera sobre él.

Marín empezó a verlo todo con claridad, con mucha claridad, y no veía la hora de poner los grilletes a ese individuo. Pero debía seguir siendo cauteloso, pensar bien, trazar una estrategia eficaz, atar bien todos los cabos, y entonces ir a por él.

Cobró mucha más importancia la débil localización de la señal de su teléfono, eso ponía un dardo en un inmenso mapa. Pero lo último que haría era precipitarse, alarmarlo, asustarlo; mejor que, estuviera donde estuviera, siguiese pensando que estaba a salvo, que aquel *pringao* de Campanas se había comido el inmenso marrón él solito. Seguramente estuviera al tanto de los acontecimientos a través de la prensa, de los medios. No había un periódico, una radio o una televisión que no hablara a diario del presentador asesino. Lo único que tenía que hacer Roura era estar callado, esperar, dejar que el tiempo pasara. Pero no imaginaba que la perseverancia y la buena fortuna de Marín podrían terminar dando sus frutos.

Ahora había que dar verosimilitud a todo aquello ante el juez, algo que nunca es sencillo. Antes de ir a cazarlo, necesitaba que un magistrado firmara una orden de registro para indagar a fondo en su casa de Barcelona, y otra de detención. Cuando lo consiguiera intentaría por todos los medios no precipitarse, no levantar la liebre, no hacerle sospechar lo más mínimo, que ni por asomo supusiera que ya andaba tras él. Llevaría todo con la máxima discreción; por su larga experiencia sabía que era imprescindible.

Ramiro Campanas seguía hecho polvo, ingresado a causa del ictus, no había prisa por desvelar la verdad, aunque deberían andar con pies de plomo.

Viéndolo tan claro, Marín decidió llamar al abogado de Campanas para ponerlo al día de sus pesquisas, para que estuviera preparado y pudiera gestionar con acierto la que se le vendría encima a su cliente, si quedaba libre estuviera como estuviera.

10

Damián consiguió descansar unas horas. Se quedó profundamente dormido y se le hizo tarde. Cuando bajó al majestuoso comedor para la cena, las tres chicas ya estaban sentadas a la mesa, bebiendo vino, cuchicheando y muertas de risa. Tomó aire y buscó vencer ese apocamiento que a veces le asediaba antes de acercarse a ellas, y hacerlo con cierta dignidad, con aplomo. «¡Menudo policía de mierda estás hecho, Damián!», pensó para sí sonriéndoles como si nada.

Ellas inmediatamente se callaron, y le pareció que hablaban de él, tuvo esa impresión, no sería raro que sus amigas hubieran puesto a Patricia la cabeza como un bombo al enterarse de que habían pasado buena parte del día los dos solos por ahí. Ella se había puesto un vestido de noche maravilloso, negro y brillante, ni largo ni corto, con mucho vuelo y con una larga uve en la espalda que dejaba ver toda su belleza justo hasta donde comenzaba el trasero. Los hombros y los brazos quedaban cubiertos por un fino tul transparente, el conjunto era de un erotismo singular. El modelo lo combinó con unos zapatos altos de tacón, negros y abiertos, que salvo por las dos finas tiras que los sujetaban dejaban sus preciosos pies al aire. Se había ondulado el pelo y se lo había peinado al estilo años veinte. Su elegancia y su porte eran indescriptibles.

Se sintió observado, ruborizado y un tanto necio, y se sentó rápidamente. Habían pedido cuscús, le anunciaron, ya que allí, como le había comentado Patricia por la tarde, preparaban uno de los mejores. Estaba hambriento y sería delicioso, seguro.

Tras tomar un par de copas de buen tinto, se le pasó el rubor, fue venciendo la torpeza y enseguida estuvieron los cuatro charlando animadamente. En un salón contiguo, el del Bar Italiano, un trío de buenos músicos amenizaba en directo la velada interpretando canciones de los años cincuenta, blues, gypsy swing y temas doo wop de esos que a él le apasionaban. La música le ayudó a relajarse, a templarse. Justo empezó a sonar una melodía lenta y preciosa, *Count every star*. La letra no podía ser más apropiada para su estado de ánimo tras el segundo beso: «Cuenta cada estrella en el cielo de la medianoche, cuenta cada rosa, cada luciérnaga, cada hoja del sauce, cada ola del tempestuoso mar, cuenta cada estrella y cuando lo hagas, querida, sabrás cuánto te extraño y las veces que he llorado por ti...

Cuando Damián ya estaba completamente embriagado, disfrutando de la compañía, del buen ambiente, esperando la llegada inminente de la comida, Patricia interrumpió la charla y se dirigió a él mirándolo seductora.

—Escucha lo que dice esta canción —le soltó, dando por hecho que entendía la letra en inglés—, de eso precisamente te queríamos hablar. De contar estrellas, ¿verdad, chicas? Tenemos que decirte algo. —Patricia siguió hablando en nombre de las tres—. No sé por dónde empezar. A lo mejor no te hace mucha gracia. Verás, estas dos conocieron anoche a dos franceses en la disco, dos chicos encantadores y aventureros, muy simpáticos. Me los han presentado hace un rato, también están hospedados aquí, y nos han prometido que pasarían por el comedor. ¡Agárrate! Nos han propuesto —dijo emocionada, completamente seducida por la idea— viajar con ellos mañana hasta el desierto. Al parecer no está demasiado lejos, a unas cuatro horas de aquí. Saldríamos por la mañana temprano y pasaríamos la noche allí, en un maravilloso oasis. Nos han contado que hay un lago rodeado de palmeras repletas de dátiles, camellos o dromedarios, lo que tú quieras, como en las películas, y un hotelito de ensueño, de lujo, con todas las comodidades. ¡Figúrate! Allí, en pleno desierto, ¿te lo imaginas?

»Estábamos todavía debatiendo qué hacer, pero ya estamos decididas, las tres estamos de acuerdo en que es un plan estupendo. ¿No te parece? Nos han prometido que jamás en la vida veremos un cielo tan estrellado como ese. Ahí sí que podremos contar estrellas. Siempre he deseado saber qué se siente estando en el desierto.

»Ellos se ocupan de organizarlo todo, ¡pásmate!, se dedican precisamente a eso. Tienen una empresa que se llama Sahara Raid Touring. Organizan excursiones muy selectas, súper exclusivas, para muy pocas personas. Te he dicho que a lo mejor no te hacía gracia la idea por lo de tener que retrasar nuestra vuelta a Madrid. No será mucho, ¿verdad? Solo pasaremos una noche árabe, las otras mil las dejaremos para otra ocasión. Volveríamos a Madrid el martes por la mañana, solo un día después. Mañana, antes de salir rumbo al Sahara, tendremos que cambiar los vuelos, será fácil. ¿No crees? Pero cuéntame, ¿qué te parece? ¿Te ocasionará eso problemas? ¿Tendrás que hablarlo con tus jefes? Supongo que no, ¿verdad?

Patricia dijo todo eso con esa agitación que, de vez en cuando, le hacía perder la medida de las palabras, cuando le asaltaba una verborrea desmesurada, apresurada, un frenesí parlanchín que podía resultar cargante.

Damián la escuchaba completamente aturdido, sin

saber bien qué cara poner, qué cara se le estaba poniendo, qué estaba pasando exactamente. Chocado, descolocado, empacado, sintiéndose cada vez más atado de pies y manos, dispuesto ya a que lo lanzaran al hoyo. A medida que ella hablaba todo fue cambiando de color para él, de sabor, de olor, hasta la música dejó de sonar en sus oídos. El estómago se le encogió y perdió de inmediato el apetito. Desde un punto de vista policial, la idea le parecía pésima, la peor idea, una temeridad absoluta, un plan inasumible por mil razones. Como hombre enamorado el asunto le arañó el alma, sintió algo que en todo recordaba a los celos, algo de lo que creía estar curado por completo hacía mucho tiempo.

Justo mientras pensaba aquello aparecieron los dos pájaros, los dos franchutes, que ya de entrada le dieron muy mala espina. Eran apuestos, cierto, dos tíos altos, guapos y elegantes, muy morenos, muy bien vestidos, los dos olían a colonia cara y a dinero, a mucho dinero. Se presentaron como Didier Flament y Lucien Sirot, simpatiquísimos, cordiales como pocos.

Él se levantó serio y en silencio, y dio un escueto apretón de manos a cada uno, marcando su fuerza, la distancia. Los tres machos se tomaron la medida en ese estrujón, ellos también eran tipos rudos. Los dos llevaban un Rolex en la muñeca, seguramente de los más caros. Eran tremendamente ostentosos.

Ellas se comportaron de inmediato, eso le pareció a Damián, como tres gallinas alborotadas y bobas ante la presencia de los dos gallos, dos gallos franceses. Todo un símbolo. Era un pensamiento políticamente incorrecto y algo machista, seguramente, pero tan cierto como que existe un cielo. Ellos, encantadores, seductores, empalagosos incluso, se sentaron sin dudar, sin pedir permiso, y de inmediato acapararon buena parte de la mesa y toda la atención de las féminas.

Los camareros adaptaron todo enseguida para acoger a los nuevos comensales y colocaron menaje también para ellos. Aquel imprevisto cambio de planes le jodió a él la cena. Eran ocurrentes y vivos, rápidos en sus comentarios y ocurrencias, sabían cómo divertir a esas tres chicas españolas con sus chanzas y sus galanterías, con sus modales afrancesados y exquisitos. Uno de ellos, Lucien, sabía hablar un poco de español, lo justo para decir tres tonterías, tres gilipolleces que, sin embargo, hicieron las delicias de las jóvenes.

—¡Y olé! —exclamó llegado el momento el muy cretino.

Ellas estaban ya totalmente entregadas, rendidas por completo. Antes de que él tuviera tiempo de mencionar siquiera que aquella idea de largarse con ellos a pasar una noche en mitad de la nada le parecía una locura, supo que había perdido la partida, que más le valía cerrar la boca y pensar con lógica, buscar otro argumento, estaba desarmado ante esos cabrones. Literalmente. Por un instante pasó por su cabeza la imagen de su pistola metida en una caja metálica y bajo llave en la gendarmería.

Fingió recibir una llamada en el móvil y se levantó de la mesa precipitadamente, disculpándose ante Patricia con un gesto. Se alejó de allí para poder pensar, para no delatar su turbación, para tomar un respiro, para serenarse un poco. Se acercó a la barra del Bar Churchill y pidió un Glenrothes del 78, doble con hielo, el mejor *bourbon* que tenían. Lo tomó casi de un trago, pensando que últimamente bebía demasiado. Pidió otro.

Tenía que encontrar una buena excusa para no regresar a la mesa, se perdería el cuscús, pero le importó una mierda. No era sencillo. Mandó un mensaje a Patricia: «Tenéis que disculparme. Me han llamado de Madrid, el comisario quiere hablar conmigo. Ha surgido algo que requiere mi atención, necesita que le eche una mano. Nos vemos luego.» Mintió como un bellaco.

Se acercó a la recepción e intentó indagar sobre aquellos tipos. Consiguió poca cosa, eran dos empresarios, seguro que buenos clientes, nunca antes habían estado en el hotel, muy ricos, dos millonarios franceses, soltaban muy generosas propinas, los dos ocupaban una de las mejores estancias de La Mamounia, la suite Churchill, que, casualmente, no estaba muy lejos de la de Patricia. Al histórico primer ministro británico le entusiasmaba «la ciudad roja» y aún más aquel hotel maravilloso, al que regresaba cada vez que tenía ocasión desde Londres, de ahí que la habitación donde solía alojarse y el bar donde solía emborracharse acabaran llevando su nombre.

Se le encendió la bombilla. El vino y el *bourbon* le habían calentado el espíritu y la voluntad. Sintió un feroz ataque de audacia y decidió que tenía que echar un vistazo en la lujosa morada de esos tipos. Se asomó con disimulo al comedor, ahí seguían los cinco, disfrutando de la cena, felices, riendo, animados y ajenos por completo a su temerario plan, a sus raros métodos, a sus desvaríos. Estarían entretenidos un buen rato. Hacer eso entrañaba un gran riesgo, lo sabía, pero no lo dudó.

Estudió bien un plano del laberíntico albergue y subió hasta la cuarta planta. Era muy hábil abriendo puertas con ganzúa o con tarjeta y aquella no se le resistió demasiado. De no haberlo conseguido, incluso tenía en mente descolgarse desde la azotea o saltar de balcón en balcón, mejor así. La suite, de característico estilo inglés, era sencillamente extraordinaria, aunque evitó encender demasiadas luces. Con solo un par de lamparitas y la linterna del móvil se apañó. No quería delatarse ni entretenerse.

No sabía exactamente qué buscaba, pero debía darse prisa. Echó un rápido y versado vistazo alrededor, sabía hacerlo. Miró encima y debajo de los sofás, de los cojines, de las camas, de las mesas, dentro de los armarios, en los cajones, detrás de las cortinas, en el baño, todo sin dejar huella, tocando cualquier superficie con pañuelos de papel. No encontró nada anormal.

Era evidente que viajaban con muy poco equipaje, solo un par de maletas pequeñas de Louis Vuitton, aparcadas en una esquina. Dentro de ellas, solo ropa y algunas cosas de aseo.

Le llamó la atención que en el cuarto hubiera algunas pertenencias de Winston Churchill, colocadas con normalidad, lo que convertía aquel lugar en una especie de museo habitable. Sobre el mismo escritorio donde el político seguramente pasó muchas horas escribiendo había unos papeles, unos mapas, un par de pasaportes, unas llaves, unos cuantos paquetes de Marlboro. Sintió un deseo irrefrenable de fumar un pitillo, no había encendido ni uno desde antes de despegar de Madrid. Se guardó una cajetilla en el bolsillo, seguramente no lo notarían. Los documentos parecían en regla, las llaves eran de un coche alquilado, un Range Rover.

Hizo fotos con el móvil, precipitadamente, a todos los papeles y al mapa para mirarlos con calma más tarde, en su habitación. Tenía que salir de allí, cuanto antes. En el mapa habían señalado con un círculo amarillo un pequeño aeropuerto, el aeródromo de Beni Mellal, una ciudad no demasiado grande en el centro del país, en la región de Tadla-Azilal. Sobre la silla que estaba pegada al buró, había una bolsa también de Vuitton, a juego con las maletas, no demasiado grande, pero pesada. Se apresuró a abrirla. La sorpresa fue enorme: dentro había una pequeña fortuna, también un arma de las buenas, de las que usan muchas fuerzas armadas, como las italianas, también los SEAL estadounidenses, una Beretta M-9 y varios cargadores repletos de balas del 9 mm Parabellum, la misma munición que la de su pistola.

Pero lo más impactante fue el dinero, miles y miles de dólares, al menos treinta fajos de diez mil cada uno en billetes usados de cincuenta y de cien. Unos trescientos mil.

A punto estuvo de guardarse la automática, pero eso habría sido muy comprometido, lo que decidió, viendo cómo empezaban a ponerse las cosas, fue meterse en el bolsillo dos fardeles de dinero con la inexpresiva cara de Benjamin Franklin, que pareció mirarlo indiferente. Damián era un hombre honesto pero intuyó que iba a necesitar pasta de inmediato, salió de Madrid con lo justo. Había tanto en la bolsa que tardarían en darse cuenta, y para cuando lo hicieran nunca entenderían cómo pudieron perderlo. Eso esperaba.

Dejó todo tal y como estaba, apagó las luces y salió de la habitación muy sigilosamente, temiendo ser visto, pero ni antes ni después encontró un alma por los pasillos del hotel.

Fue directo a su habitación para examinar con calma las fotos que había tomado en el cuarto de los franceses. Pensó en llamar a José, mandarle aquellos documentos para que los cotejara, para saber más de aquellos individuos, pero era tarde y no quiso molestarlo. El domingo por la mañana, en algún momento, lo haría.

La mayor parte de los papeles eran notas ilegibles o facturas en principio intrascendentes, habían comprado un montón de cosas en Marruecos, pero nada que le hiciera sospechar demasiado. También tenían algunas cartas de vuelo desgastadas y ese mapa en el que habían marcado un aeródromo y algunos otros puntos. Posiblemente esos tíos se movieran en jet privado, pudiera ser. No podía perder más tiempo, había quedado con Patricia en volver y ya había pasado más de una hora, estaría extrañada. Ya inventaría algún cuento de policías para ella. Guardó el dinero, lo escondió bien, y se apresuró a bajar al comedor.

Ya habían terminado de cenar y tomaban una copa en el salón donde el conjunto seguía tocando. Se quedó de piedra al ver que Patricia bailaba abrazada al más guaperas de los dos, y hablaba con él divertida. Aquello le encabronó sobremanera, mucho más de lo que cabía esperar. Las otras dos chicas estaban sentadas con el otro en una esquina.

Cuando Patricia lo vio aparecer se disculpó con el francés y se acercó a él.

—¿Todo bien? —le preguntó con gesto preocupado—. Has tardado mucho, hemos cenado sin ti.

—Nada importante, burocracia policial, he tenido que mandar algunos correos, nada más —le contestó Damián, especialmente seco, tajante.

—Me alegro de que ya estés aquí —añadió ella con una sonrisa—. Ya pensábamos en irnos por ahí, te vienes, ¿verdad?

A Damián no le apetecía una mierda salir de farra con esos tíos, pero por otra parte no quería perder de vista a Patricia. «Qué remedio», pensó mientras le decía que iría con mucho gusto.

Notó que al tal Didier, el tipo que hacía un instante bailoteaba con Patricia, no le hizo ninguna gracia saber que el español los acompañaría.

—Mejor así —comentó Patricia bromeando—, seremos tres parejas, les hemos dicho que eres un amigo, nada de que eres poli.

El Range Rover esperaba en la puerta. Patricia se sentó delante con el guaperas y detrás las dos chicas con Lucien. Cuando Damián se disponía a subir al cochazo, Didier propuso un cambio de planes.

—¿Y si mejor empezamos la noche tomando algo en el Palais? —preguntó.

Era estúpido coger el auto, ya que estaba al lado de

La Mamounia. El Palais Jad Mahal era el sitio más cosmopolita y con más *glamour* de Marrakech y estaba a tiro de piedra del hotel. Se bajaron todos del coche y caminaron hasta el local.

Nada más entrar, uno de los franceses pidió a gritos dos botellas del mejor *champagne*. El lugar era oscuro y carmesí, moruno y occidental a un tiempo, excesivo y algo hortera, elegante a la vez, con las paredes forradas de terciopelo rojo y arcos de estuco en tonos malvas, con preciosos rincones y largos sillones corridos llenos de cojines de colores. Todo estaba iluminado con candelabros en las mesas y quinqués en las paredes, de los techos colgaban varias lámparas de araña.

Una mujer oronda y sonriente se contoneaba meneando sus enormes pechos mientras bailaba y mantenía en equilibrio sobre su cabeza una bandeja llena de velas encendidas, que goteaban chispas y cera. Toda la tenue luz de aquel local era de fuego, plácida y a la vez inquietante. La sala estaba llena de reflejos y sombras, de raras sensaciones. Al poco de llegar, unas mujeres bailaron la danza del vientre sobre una larga pasarela para luego seguir bailando mezcladas entre la gente, junto a los veladores, animando a todos a imitarlas, a intentarlo.

Patricia se levantó y lo hizo, lo hizo muy bien, tanto que todos alrededor la jalearon y aplaudieron. Aquella mujer no dejaba de sorprender a Damián. La miró como siempre embelesado, también incómodo, ya que el tal Didier tampoco le quitaba ojo, aunque su mirada era bien distinta, oscura y lasciva, cazadora. Allí también se podía bailar y eso hicieron, todos menos Damián, que permaneció vigilante, atento a la pista desde una de las barras mientras tomaba otra copa. Tenía ya poco que hacer allí, salvo emborracharse, no seguiría con ellos mucho tiempo más, decidió. Podía continuar engañándose, fingiendo que su papel de guardaespaldas de la chica servía para algo en esas circunstancias, pero lo cierto es que su presencia allí era completamente innecesaria.

Dio el último trago y se acercó a Patricia, que bailaba un tanto enloquecida. La tomó por el brazo con delicadeza y le dijo al oído si podía acompañarle.

—¿Estoy detenida? —bromeó ella abrazándole.

—Tengo que hablar contigo un momento, solo será un momento —le aclaró Damián—, aquí es imposible hacerlo.

Hacía un calor de mil demonios y el sudor cubría la piel de Patricia haciéndola brillar aún más. Con aquel vestido y aquel peinado años veinte, esa noche estaba impresionante, tan hermosa que dolía mirarla, que escocían los ojos. Aquel no era el mejor atuendo ni el mejor escenario para que Damián pudiera ponerse serio con ella. Salieron a la puerta del Jada a tomar el aire y se pararon bajo una de las dos enormes palmeras que había en la entrada.

—Cuéntame —le dijo, algo impaciente—, ¿ha sucedido algo que no me hayas dicho antes y quieras decirme ahora?

—Ha sucedido, Patricia, que tengo que intentar convencerte de que abandones la loca idea de viajar mañana al desierto con esos dos.

—¡Ah! Era eso entonces —replicó ella como si en el fondo lo esperara.

—Sí. Creo que no debéis hacerlo.

—¿Y por qué no deberíamos hacerlo?

—Si tengo que explicarte eso es que eres mucho menos sensata de lo que imaginaba.

—¿O sea que para ti es una cuestión de sensatez?

—Sí, de sentido común, absolutamente. No tienes ni idea de quiénes son esos tíos ni de qué intenciones tienen. ¿No te parece todo demasiado fácil, demasiado idílico, demasiado perfecto?

—Las cosas son así casi siempre para la gente de dinero. —Aquella observación inoportuna resultó hiriente para Damián, que sin embargo continuó hablando sin alterarse.

—¿Crees que es sensato dejarse llevar a un lugar remoto y posiblemente peligroso por dos perfectos desconocidos? Así, sin más...

—Creo, Damián, que estás sacando todo esto de

madre. Es un plan divertido, nada más. No hay ningún peligro, me da la impresión de que padeces de cierta deformación profesional, que ves amenazas en todas partes. ¿No será eso?

—Mi trabajo consiste en eso, en detectar riesgos, amenazas, en verlas venir antes de que sea tarde. Por eso me preocupa tu alocada actitud. Te estás comportando como una niña mimada y caprichosa, en plan «hago lo que me viene en gana y cuando me viene en gana» —dijo en tono un tanto socarrón.

—Exactamente es así —respondió ella repentinamente enojada, tal vez en exceso—, siempre hago lo que me da la gana, justo cuando y como quiero, y no vas a venir tú a coartarme y darme consejos que nadie te ha pedido. Pero ¿tú qué te has creído? Que me digas eso es un insulto y no lo puedo tolerar. ¿Qué pretendes?, ¿controlarme? No tienes ni idea, por no tener no tienes ni pistola. Ni siquiera es necesaria tu presencia aquí y encima te permites decirme lo que debo o no debo hacer. ¡Es intolerable!

—No pretendía insultarte ni que lo vieras así —se disculpó Damián con poca confianza en sí mismo—. No se trata de controlarte, simplemente me preocupo por ti.

—¿Y quién te ha pedido que te preocupes por mí de esta manera?

—Es mi trabajo.

—No, Damián, ese no es tu trabajo. No será que estás celoso, ¿verdad? —Aquello punzó en el ánimo de Damián desarmándolo aún más de lo que estaba.

—No, ¿cómo puedes pensar eso? —dijo cabizbajo.

—No le encuentro otra explicación a esta tozudez, a tu actitud. Esos tíos, como tú dices, son dos caballeros, son distinguidos y amables, bien educados, incapaces de faltar al respeto a una mujer. ¿Conoces tú mucha gente así?

—¿Cómo puedes estar tan segura de cómo son esos dos? No sabes nada de ellos. Tengo razones para desconfiar.

—¿Qué razones? Cuéntame.

—No puedo hablar de ello, pero he hecho algunas averiguaciones.

—Oh, qué frase tan peliculera, tan de polis. ¿Qué averiguaciones? Sabes tanto de ellos como yo. ¡Qué idiotez! ¿No será que has bebido de más? —Aquel pullazo hirió aún más a Damián.

—Creo que es inútil discutir esto en este momento, estás ofuscada y de mal humor. Mejor lo hablamos mañana.

—Estaba pasándolo muy bien y estaba de muy buen humor hasta que tú me has sacado aquí para decirme tonterías. ¡Y no estoy ofuscada! Ni este es el momento ni lo será mañana. Mañana por la mañana saldremos hacia el desierto, te pongas como te pongas.

Viajaremos y estaremos seguras, vamos con dos hombres experimentados en estos territorios, vamos a un lugar de ensueño, vamos a disfrutar de una experiencia única. La pena es que no pueda durar unos días, la pena es tener que regresar a Madrid tan pronto para atender algunos compromisos. De lo contrario, ten por seguro que no pasaría solo una noche en el desierto, ¡sino unas cuantas!

—¿De verdad te sentirás segura y protegida con esos dos... —buscó durante unos segundo el término apropiado— mafiosos?

—Pero ¡qué manía! Ni son dos mafiosos ni correremos ningún riesgo con ellos, nada más allá de que se pueda pinchar una rueda o nos dé una insolación. ¿Quieres enterarte? ¡Sé cuidar de mí misma! Llevo muchos años haciéndolo y tú llevas poco más de un mes conmigo, detrás de mí, vigilándome. ¡Para nada!

Mientras aún porfiaban, Didier salió a buscarla y, viendo que Patricia parecía discutir con su acompañante, se acercó a ellos. Muy galantemente le preguntó si pasaba algo, si podía ayudarla en algo.

Damián reaccionó mal. Se encaró con él y le bramó en español y en la cara que se largara de allí cuanto antes, que nadie le había dado vela en ese entierro. El francés también le plantó cara y durante unos segundos la tensión estuvo a punto de estallar entre los dos. Los dos machos se pusieron en guardia y Patricia explotó.

—¡Basta ya! —les ordenó mientras los separaba colocándose entre ellos.

Los dos obedecieron mansamente. Pidió a Didier que la esperara dentro con una forzada sonrisa y luego miró a Damián con un gesto completamente distinto, uno que él aún no había visto en su bello rostro. Le habló de forma tajante, serena, irrefutable.

—Lo mejor que puedes hacer es recoger tus cosas y volver por donde has venido. No quiero verte más, ¿comprendes? No quiero que me sigas ni un minuto más. Aquí acaba tu tarea conmigo. Justo aquí. Vuelve a tus cosas que yo seguiré con las mías. No sé en qué he estado pensando —se lamentó—, creí que realmente eras distinto, un hombre distinto tras la careta del policía. Me equivocaba. Regresa a Madrid el lunes, o mañana mismo si consigues cambiar el billete. Haz lo que te parezca, pero no quiero encontrarme contigo cuando regrese de contar todas las estrellas que veré en el cielo del desierto —dijo aquello sabiendo que le dolería—, ¡y sin pensar en ti ni un solo instante! —añadió aún con más crueldad.

Luego se dio la vuelta, se giró con precisión de bailarina haciendo volar su vestido casi a cámara lenta y caminó decidida de regreso, como una auténtica modelo.

Didier esperaba en la puerta junto a dos porteros vestidos de arlequines moros, la tomó por la cintura y entró así con ella en el local.

Damián la vio alejarse, perderse y quedó petrificado, compungido como un crío, y a la vez lleno de furia. Aquello no podía haber terminado peor, pensó completamente desolado, muy afligido. Sacó del bolsillo el paquete de Marlboro que había robado a aquel hijo de puta, tomó un cigarrillo y lo encendió con fruición. Lo necesitaba. Nada podía haber acabado peor, volvió a pensar mientras daba unas profundas caladas y echaba el humo por la nariz. Pero no, de ningún modo, aquello ni por asomo había terminado, se resistió. Volvió caminando cabizbajo al hotel rumiando sobre lo que haría al día siguiente. Lo más urgente sería alquilar un buen coche, un todoterreno, ahora tenía pasta.

También recuperar su arma o conseguir otra, cuanto antes, pero ¿cómo? Debía darse prisa. Enviaría a José y a sus compañeros las fotos de los pasaportes de esos tíos para que indagaran, para ver si escondían algo o estaban fichados.

Se arrepintió de no haber revelado a Patricia el porqué de sus sospechas y recelos cuando tuvo ocasión de hacerlo. Pero no era sencillo explicarle que había entrado en la suite de esos tipos a fisgonear, no lo habría entendido. Se habría puesto aún más irascible. Los seguiría allá donde fueran, allá donde las llevaran. Sabría hacerlo. «Eres un poli —se dijo—, y vas a vigilar de cerca a esos tipos diga lo que diga esa niñata caprichosa e insolente. Esa mujer maravillosa y tozuda como una mula.» Aunque eso ya sería al día siguiente. Seguirlos esa noche hasta Pachá hubiera sido humillante, toda una provocación. Seguro que la cosa habría terminado mal con los dos franceses. Era muy probable que tuvieran ganas de hacerse los machotes ante las chicas, y nadie le aseguraba que uno de los dos no fuera armado. Si en la habitación tenían una pistola no sería raro que tuvieran otra encima, que alguno la llevara oculta.

Pensando en la que se le venía encima, subió a su habitación. Se sentó en la cama, apoyó el rostro sobre las manos y se apretó con fuerza las cuencas de los ojos, hasta ver millones de estrellas y extrañas figuras geométricas fosforescentes. De improviso arrancó a llorar con enorme desconsuelo, como un niño, como un verdadero niño. Lloró un buen rato del mismo modo que lo haría un pequeño ante el escaparate de una juguetería al descubrir que jamás tendría nada de aquello. Amaba a una mujer que ya nunca llegaría a tener. El peso de lo imposible cayó sobre él de forma rotunda, aplastándolo. Mejor sería intentar no pensar demasiado en eso. Se lavó la cara y se recompuso lo suficiente como para llamar a la recepción. Necesitaría un coche muy temprano, había que arreglar ese asunto, especialmente lo del coche, necesitaba a toda costa un vehículo. Luego intentaría dormir.

11

Y durmió. Durmió muchas horas, estaba rendido. Cuando despertó eran casi las diez de la mañana del domingo y los demás ya habían partido. Se levantaron muy temprano y salieron sobre las nueve, le dijeron los conserjes. Mientras desayunaba llamó a José. Tras varios intentos fallidos al final consiguió que respondiera. Le contó por encima la situación. Habían pasado tantas cosas en tan poco tiempo que intentó resumir todo lo que pudo de forma telegráfica: Después de aterrizar en Marruecos me requisan la pistola-STOP-chicas conocen a tipos muy sospechosos, dos franceses-STOP-se van con ellos al desierto-STOP-poco puedo hacer salvo ir tras ellos-STOP-aunque Patricia no quiera volver a verme.

Al otro lado del teléfono, Marín lo escuchó entre incrédulo y soliviantado.

—¿Cómo que Patricia no quiere verte? ¿Y eso? Pero

¿qué me cuentas? ¿Qué dices que vas a hacer? ¿Estás completamente loco? ¿Sin tu pistola? ¿Y de dónde la vas a sacar? ¿Alquilar un todoterreno? ¿Y tienes dinero? ¿Que has hecho qué? ¿Que te has metido dónde? ¿Que has cogido qué? ¿Que me vas a mandar qué documentos?

Marín pensó que había enloquecido, sin duda, que aquella chica lo había trastornado hasta casi hacer desaparecer al Damián que él conocía. En cualquier caso, comprendió que poco o nada podía hacer para aliviar esa demencia, para enderezarlo y hacerlo entrar en razón. Damián le suplicó que hiciera las comprobaciones con los pasaportes.

—Puede que sean falsos, quizás están utilizando una doble identidad... Bueno, tengo que colgar, he tenido una idea para recuperar el arma.

—Una mala idea, seguro —comentó Marín en Madrid.

Damián hizo caso omiso del comentario de su amigo y prosiguió, acelerado:

—Tengo, además, que recoger el coche, cambiar el billete, comprar agua y algo de comida, un saco de dormir o un par de mantas (he oído que en el desierto hace frío por la noche), un mapa por si me quedo sin batería en el móvil y sin GPS, algo que sucederá seguro, así que también pillaré uno de esos acumuladores que venden los chinos o algún cable para enchufarlo al mechero del coche, un par de garrafas de combustible, y sobre todo, por encima de todo, un arma y munición, no soy nada sin una pistola frente a dos tíos armados...

—¡¿Armados?! —bramó el comisario al otro lado.

—Vaya, he olvidado contarte este pequeño detalle...

—Pero Damián...

—Tranquilo, José, sé lo que me hago. Por cierto, ¿cómo va el caso Campanas?

—Pues a Campanas lo han metido en Valdemoro y ni imaginas lo que ha pasado: le ha dado un ictus allí en la cárcel. Está jodido, muy grave. Lo han llevado al hospital, de momento no sé mucho más. Por otro lado, resulta que la chica tenía un segundo teléfono, y por el registro de llamadas supimos que se comunicaba con un tío catalán, un tal Guillem Roura, de los Mossos d'Esquadra. Y además el padre de la chica nos ha dado unas fotos donde aparece ella con Campanas en la cama; tengo pocas certezas pero muchas sospechas de que las fotos las hizo Roura para chantajear al bueno de Ramiro. Ahora estamos intentando localizar a Roura, que por lo visto está en los Pirineos.

—¡Hostias! No me extraña que le haya dado un ictus, con la que tiene encima. ¿Y ahora qué? ¿Qué piensas hacer?

—Sigo convencido de que este hombre no tiene nada que ver con todo eso. Y lo del infarto cerebral es bueno y malo a la vez. Malo para él, por supuesto, a este tío lo ha mirado un tuerto; si se recupera, a saber cómo va a quedar, eso si no la palma. Pero es bueno para nosotros porque mientras esté así todo se paraliza, no habrá más diligencias, ni vistas previas, no habrá juicio, no podrán hacer nada de momento y eso me da un tiempo precioso para buscar al cabrón que lo hizo.

—Vaya, pues me alegro de que te vayan mejor las cosas, lamento no estar allí para ayudarte... Bueno, tengo que dejarte... —Tenía prisa, debía alcanzar a su amada que ya viajaba rumbo al Sahara con aquellos miserables.

Se despidió de José con precipitación, sin pensar siquiera que aquella podía ser la última vez que oyera su voz, al menos en mucho tiempo.

La idea que se le ocurrió para recuperar su H&K USP más que mala era absurda, completamente ilógica. A pesar de ser domingo y saber que no sería precisamente bien recibido por sus colegas los policías marroquíes, decidió ir a buscar al jefe gordo y exponerle la situación tal y como era, sin subterfugios. Lo convencería. Necesitaba un arma, su arma.

En la puerta del hotel ya le esperaba el empleado de la agencia de alquiler de coches con las llaves de un Mitsubishi Montero 3.2 DID. No estaba entre los más caros del catálogo y era un buen vehículo para transitar por pistas de arena. Tras recoger el coche, firmar los papeles y pagar una generosa fianza, pidió un taxi en la recepción; lo usaría de lazarillo. Le explicó al chófer dónde quería ir, más o menos, no recordaba con exactitud cómo llegar a esa gendarmería. El taxista era un tipo listo y por la descripción supo enseguida de qué hablaba.

Lo guio yendo delante de él entre el atroz y caótico tráfico de la ciudad, incluso en domingo. No tardaron en llegar y Damián le pagó sumando una generosa propina. Subió la escalinata de la comisaría de cuatro en cuatro escalones y fue a preguntar a los guardias de la puerta.

—Busco al jefe —les dijo—, necesito hablar urgentemente con él.

Los gendarmes lo miraron con estupefacción, incrédulos. No había nada que hacer, era su día de descanso, no iría por allí ni se le podía molestar.

—Mañana, vuelva mañana —le dijeron varias veces—, hoy no.

A pesar de su insistencia, solo recibió evasivas o un no por respuesta.

Se marchaba ya, encabronado, cuando vio a Mimón, el policía del estrambótico traje azul. Atravesaba la calle justo frente a él en dirección al cuartel y lo llamó dando un fuerte silbido.

—¡Eh! ¡Mimón!

Este se acercó a él sonriente y a todo correr dando unas zancadas cortas y veloces, ridículas, con las piernas muy estiradas, casi sin doblar las rodillas. Corría como corren algunas señoras mayores cuando van a perder el autobús. Le pareció algo más digno y aseado, aunque volvió a sorprenderle su extravagante indumentaria. Llevaba un traje de chaqueta como de los domingos, un mil rayas blancas sobre negro completamente pasado de moda pero bien planchado, con las solapas de terciopelo rojo y deslucido, una camisa color salmón con gemelos dorados en las bocamangas y una pajarita negra y brillante de las que se cogen al cuello con una gomilla. Era un cuadro. Había abrillantado con esmero sus viejos zapatos de charol y se había echado un bote entero de gomina, sus pies y su cabeza brillaban como el sol, más que el sol. Habló con esa voz agria y cínica que ya le conocía en un español que sonaba moruno.

—Sabía que *vindría*, *siñor* —le dijo riendo divertido—. Sabía que *vindría* a buscar a Mimón.

—No he venido a buscarte a ti —le contestó Damián con forzada amabilidad—, busco a tu jefe, al gordo, necesito verlo cuanto antes. Es muy urgente.

—Eso difícil hoy *siñor*, muy difícil.

—¿Sabes dónde vive?

—Claro que sé.

—¿Podrías llevarme? Tengo ahí mismo el coche.

—No, no puedo llevar allí, al jefe no se le molesta *le dimanche*.

—¿Y si te pago bien? Mucho dinero, mucho.

—Así podría mirar. Si tú das mucho dinero a Mimón puede ser que mira.

Antes de que terminara la frase, Damián ya había metido la mano en el bolsillo y había sacado un billete de cien dólares que Mimón enganchó abriendo los ojos todo lo que pudo.

—¿Policía español es burla?, ¿esto es mucho dinero? Así Mimón no va a ningún jefe.

—Está bien, toma —le dijo poniéndole en la mano otros cuatro—. Quinientos dólares son muchos dírhams, no me jodas más y llévame a ver a tu jefe de una puta vez o lo vas a perder todo. No te pases, Mimón, no te pases.

—Esto ya cambia y Mimón lleva —le respondió con su mejor sonrisa, una sonrisa de pocos dientes.

Aún le puso otra condición antes de llevarlo hasta allí: estaba lejos y sería mejor que condujera él, le soltó mirando el impoluto Mitsubishi con deseo infantil. Damián le lanzó las llaves volando, apremiándolo a partir.

—Vamos, vamos, deprisa.

Posiblemente era preferible que lo llevara él, seguro que sabría desenvolverse mejor en ese laberinto de calles repletas de conductores locos y anárquicos.

Y así fue. Mimón lo llevó a toda hostia, pero con eficacia y destreza, disfrutando como un chavalín de cada bandazo, de cada frenazo y cada acelerón, de cada estridente pitada de claxon; no paró de tocarlo en todo el camino. A su lado, Damián iba acojonado, descompuesto y completamente desorientado.

Media hora después estaban frente al domicilio del jefe gordo, una casita baja con un pequeño jardín a la entrada completamente cubierto de maleza y buganvillas que crecían a su antojo, costaba ver la puerta al otro lado de aquella espesura. Estaba en un humilde, ceniciento y simétrico barrio residencial a las afueras, lleno de casitas muy similares. Hubiera sido imposible dar con la del jefe sin la ayuda de Mimón.

—Mimón va primero —le dijo con cara de susto— y habla con jefe.

—Dile que es muy urgente, cuestión de vida o muerte. —Damián tal vez exageró pero era necesario.

Mimón llamó a la puerta mientras miraba de vez en cuando a Damián, que esperaba dentro del coche. Al momento, un chiquillo vestido con una chilaba azul entreabrió con cierto recelo. Mimón habló con él un instante, el chaval cerró de nuevo y le hizo esperar un rato.

El gordo no tardó en aparecer. Damián no oyó su acalorada conversación, pero pudo imaginar perfectamente lo que se decían. Parecía que le iba a dar un portazo en las narices en cualquier momento, parecía todo perdido; sin embargo, unos minutos después, Mimón le hizo una señal para que se acercara. Él bajó del coche y corrió hasta la casa. Un frondoso jazmín y una mimosa amarilla rodeaban la puerta de hierro dejando en el aire un intenso aroma que por alguna razón le recordó a Patricia.

—Jefe te ve y habla pero quiere algo de dólares por molestar *le dimanche* —le dijo, estaba claro que aquello le iba a salir caro—, dos veces como Mimón.

—¡Mil dólares! Qué hijo de puta —exclamó en voz baja.

—Dame a mí, no a él —aclaró Mimón—, él es hombre honrado, no coge dólares. Mimón darle.

Le soltó la pasta al flaco y así entraron a ver al gordo. El salón, como todo el resto de la casa, daba a un patio interior convertido en pajarera donde revoloteaban decenas de aves de diferentes especies. El joven que había visto antes, un chaval de unos quince años, muy moreno, enjuto y silencioso, le ofreció un vaso de té haciendo una leve reverencia y le invitó a sentarse en una butaca verde tapizada con flores doradas. Toda la estancia estaba recargada hasta la náusea, repleta de alfombras y muebles, de cuadros y lámparas, de todo tipo de objetos de plata y bronce bruñidos, de libros, centenares de libros por todas partes.

—*Attendez ici* —le rogó.

Al poco llegó el comisario marroquí, envuelto en una especie de bata añil de paño, enorme y con unas enormes babuchas en los pies.

—Bienvenido a mi hogar, señor policía español, siéntase como en su casa —le dijo efusivo haciendo gala de su hospitalidad, nada que ver con el recibimiento en su despacho—, señor..., ¿cómo era?, ¿Fontana?

—Fuentes —le corrigió Damián, dándole la mano.

—¿A qué debo este honor? Dígame usted, ¿qué es eso tan urgente?

—Verá, señor... —Cayó en la cuenta de que no sabía o no recordaba su nombre.

—Afani, comisario superior Adnan Afani para servirle a usted y a Alá. Pero siéntese, siéntese por favor.

—Verá, señor Afani, no deseaba molestarle pero necesito su ayuda —le soltó, manso y humillado, con toda la modestia posible—. Necesito su ayuda en un asunto que hay que solucionar ya, lo antes posible. Y para ello tengo que recuperar mi arma...

—¡Oh!, señor Fuentes, espero que no haya venido aquí solo por eso, ya le dije que eso no es posible, no lo es. Son las normas.

—Espere, señor Afani, espere que le explique. ¿Recuerda usted a las mujeres con las que llegué a Marrakech? ¿Recuerda usted a mi protegida, a la señorita Del Castillo?

—¿Cómo olvidarla? Vi una fotografía suya... —replicó con gesto picarón mientras servía más té en los vasos llenos de hierbabuena.

—Ella y sus amigas se han ido al desierto con unos tipos muy raros, muy sospechosos, dos franceses que estaban también en La Mamounia...

—¿Y? —El comisario Afani empezaba a impacientarse demasiado pronto, le pareció a Damián.

—Verá —insistió, sabiendo que no era demasiado bueno resumiendo historias y menos tan complejas—, esos cabrones van armados y tengo la sensación de que no tienen buenas intenciones con esas tres jóvenes.

—¿Qué quiere decir? ¿Qué las quieren cabalgar? Eso sería muy lícito, son tres bellas y jóvenes hembras, muy deseables, siempre que sea con su consentimiento, claro. ¿Qué hay de raro o urgente en eso? —le dijo guiñándole un ojo—. ¿Cómo sabe que van armados?

—No me estoy explicando bien. Lo sé por circunstancias que no puedo explicarle ahora, ya que sería demasiado largo y farragoso; sé que esos tipos tienen algo turbio entre manos. Llevan encima muchos miles de dólares en una mochila, mucho dinero y armas, como le digo, y creo que tienen un avión —se aventuró a suponer— en el aeropuerto de Beni Mellal, creo que se llama así. Lo tenían señalado en un mapa. Eso he deducido. He pedido informes sobre ellos a mis colegas de Madrid, pero aún no he recibido respuesta.

—Vaya, parece usted un policía muy astuto, pero

sigo sin ver el motivo de sus sospechas. El aeropuerto Yaich, el de Beni Mellal, más que un aeropuerto es un pequeño aeródromo con dos destartalados hangares, una pista que casi no se utiliza y una vieja terminal sin apenas pasajeros. Lo usaban los aviones de fumigación, hace años hubo allí una empresa que se dedicaba a eso, y algún vuelo de carga. No creo que sea el aeropuerto apropiado. ¿No se ha preguntado usted por qué si esos franceses viajan en avión privado y están alojados en La Mamounia tienen su aparato en un sitio como ese y tan lejos de aquí? ¿Por qué iban a aterrizar allí, en ese páramo, en vez de aquí en el Menara? Gente así se supone que es rica, ¿no? No tienen necesidad de hacer esas cosas.

—Eso mismo me pregunté yo —mintió Damián, que ni siquiera se lo había planteado.

Pero era cierto: ¿por qué no habían aterrizado en Marrakech en vez de en esa remota ciudad? El gordo era un tipo perspicaz.

—De todas formas, sigo sin entender, señor Fuentes, adónde quiere llegar —dijo cada vez más impaciente.

Damián se dio cuenta de que no iba por buen camino, así no conseguiría nada, no podría convencerlo; al menos, no en poco tiempo.

—Voy a serle muy sincero, señor Afani, no quiero dar más vueltas al asunto, iré directo a la raíz. —Pensó un rato antes de seguir y luego le habló pesaroso y con verdadera franqueza—: Estoy ciegamente enamorado de esa mujer, de la señorita Del Castillo. Estoy loco por ella, no puedo evitarlo, la conozco hace poco pero me ha cautivado por completo, nunca me había sucedido algo así. Me siento idiota al confesárselo. La amo y creo que debo ir en su busca, creo que me va a necesitar, creo que si no voy tras ella ahora nunca volveré a verla ni llegaré a conquistarla, si es que alguna vez lo consigo. Necesito su ayuda; si hiciera falta, no podría enfrentarme a esos dos sin llevar un arma.

»No quiero decir que vaya a enfrentarme a ellos, no me malinterprete, intentaré evitarlo, por supuesto, pero algo me dice que no son buenos hombres, que hay que tener cuidado. Es una corazonada y suelo hacer caso a las corazonadas. Además uno de ellos está intentando cortejarla, a ella, ¿entiende? Me vuelvo loco solo con pensarlo. —Exageró deliberadamente redoblando su apuesta; ya que no iba a convencerlo policialmente lo intentaría así, disparando directo al corazón de Adnan Afani, si es que lo tenía.

Podía ser, su mirada a pesar de su aspecto parecía limpia, sincera. Intentaba conmoverlo con aquel insólito argumento amoroso y parecía que lo estaba consiguiendo. Damián no dijo más, simplemente suspiró con gesto dramático, quedó cabizbajo, desesperado, y esperó respuesta.

El gordo se quedó un rato muy pensativo, en silencio. Tomó una caja de encima de la mesita que tenían delante, la abrió con delicadeza y sacó de ella una gran piedra de hachís. Con gran parsimonia la acercó suavemente al calor de la llama de una vela, luego arañó un pellizco del aromático polen, lo mezcló con un puñado de hebras de tabaco y lio hábilmente un cigarrillo. Tras encenderlo y dar unas cuantas y profundas caladas se dirigió de nuevo a él.

—No le importa, ¿verdad? —le dijo mostrándole el grueso canuto—. Verá, señor Fontana..., Fuentes, perdón, es muy raro todo esto, todo lo que usted ha venido a contarme. Póngase en mi lugar. Pero si es cierto que ama usted a esa mujer, si esto lo hace por amor a una mujer, su historia resulta apasionante. Ama usted de verdad a esa mujer, ¿no es así? Solo el amor impulsaría a un hombre como usted a humillarse ante mí de este modo.

—La amo mucho más de lo que desearía —respondió Damián con verdadera sinceridad, casi en un lamento—. Ojalá no fuera así. Le juro que desearía no amarla. Esto me ha pillado por sorpresa, completamente desprevenido, desarmado. Ya sé que lo que le estoy contando puede sonar ridículo, no sé ni cómo me he atrevido a venir a verlo para soltarle todo esto. Puede que sea humillante, como dice usted, pero lo que siento por esa mujer me perturba de un modo extraordinario, me nubla la vista y el sentido común, no sé qué me pasa. Estaría dispuesto a cualquier cosa por estar de nuevo un instante a su lado y que me sonriera.

»Por eso he venido a verlo. Quiero volver a verla, quiero saber que está bien, quiero comprobar que esos hijos de hiena no tienen intención de hacerle daño. Podría ser que no, lo sé. Puede que todas mis sospechas sean estúpidas y que ahora mismo ella esté disfrutando de su viaje al desierto con sus amigas y de la compañía de esos dos. Podría ser que yo solo sea un imbécil ciego y sordo, un tonto que se ha enamorado de quien no debe enamorarse. Podría ser. Pero...

—Le entiendo, amigo mío —respondió Afani con rostro afligido mientras le ofrecía a Damián dar unas caladas al canuto, que él rechazó—. Las preciosas cosas del amor pueden volvernos locos. ¡Oh, el amor! —casi declamó—. ¡Ese tesoro! Le contaré algo que me sucedió hace mucho... Durante largos años, desde que yo era un poco más que niño hasta que me convertí en algo más que un jovencito, arrastré el pesar de amar en completo silencio, sin que ella llegara siquiera a saber que la amaba. Nunca me atreví, era un cobarde. Éramos casi vecinos. No podía quitar mis ojos ni mi corazón de ella. Cada día pasaba por la puerta de su casa caminando calle abajo, y miraba hacia su ventana enrejada, la misma por la que ella muchas veces se asomaba, en la que tendía alguna preciosa prenda blanca e íntima. En ocasiones me miraba desde detrás de los barrotes y me sonreía. Y yo me preguntaba: «¿Por qué no le devuelves la sonrisa y le dices algo? Dile que la amas, grítaselo desde la calle, dile que quieres conocerla, darte a conocer».

»Pero no lo hacía, nunca lo hacía, nunca hallaba el valor. Seguía mi camino azorado y abatido, como si ella no me importara. Pobre estúpido. Luego, por las noches, lloraba en la soledad de mi cuarto evocándola. Así pasaron los años hasta que un día me crucé con ella en una calle, iba junto a un hombre, tomados por la cintura, y los dos se arrullaban con la mirada, ensimismados. El uno en el otro. Casi nos rozamos y ni siquiera me vio pasar.

»Ese día comprendí muchas cosas acerca del amor. Había perdido aquella alhaja tan deseada, había desperdiciado cualquier posibilidad de tenerla, el placer de jugar a conseguirlo al menos. La joyas del amor son muy excepcionales, señor Fuentes, las pocas que realmente tienen valor, las de muchos quilates no se consiguen fácilmente. Hay que sufrir y luchar por ellas. Si hay suerte y nos cruzamos con una, algo muy raro, pocas veces volveremos a sentir algo similar a lo largo de toda una vida. Puede que nunca. En mi caso, fue muy triste. Nunca volví a amar de ese modo, tal vez de ningún otro modo, tal vez nunca he vuelto a amar a una mujer.

»Por eso admiro su arrojo, lo que pretende hacer por extravagante que parezca. Lo hace usted por ella, solo por eso. No le importan nada esos franceses ni a qué turbios negocios se dedican, no quiere saber nada de eso. Solo la quiere a ella. Y yo le admiro, amigo mío, usted quiere amar y se arriesga a intentarlo. Ojalá la fortuna esté de su parte y esa bellísima mujer le admita, llegue a amarle y le consuele con la bendición de su amor. Espero que usted sea capaz de enamorarla. Vaya en su busca y dígale que la ama, sin tardar...

—Pero para intentarlo, ya sabe, necesito de su ayuda, señor Afani —insistió Damián después de escuchar sus palabras con atención—, apenas tengo tiempo, ya me llevan mucha ventaja y yo no conozco bien este territorio, parto en clara desventaja.

—Creo que es usted un buen hombre y un buen policía, a pesar de ser español —ironizó medio en broma medio en serio—. Voy a devolverle su arma, señor Fuentes, pero tendrá usted que ser extremadamente cuidadoso y tendrá que ir acompañado. Mimón irá con usted —sentenció—; aunque no lo parezca, es uno de mis mejores hombres, mi mano derecha, y puede serle de gran ayuda.

—Me parece bien —se apresuró a contestar Damián aunque no le gustara nada aquella idea. Pero ahora que había persuadido al jefe no iba a torcer las cosas con esos pormenores. Ya vería cómo deshacerse de él, llegado el caso le daría esquinazo de alguna manera.

El jefe apagó la pava del canuto quemándose sus regordetes dedos sin inmutarse y llamó a Mimón. Le habló en árabe, deprisa y con severidad, eso le pareció. Por supuesto, no entendió una sola palabra de lo que le dijo.

—Le he dicho a Mimón que le acompañe a la gendarmería y que le dé su pistola y su munición. Confío en que entienda la gran responsabilidad que esto supone para mí y que no haga uso de ella salvo que sea absolutamente imprescindible, solo en caso de vida o muerte. Mimón ya tiene orden de acompañarle allá donde vaya, desde este momento está a su servicio para ayudarle en lo que haga falta. Es un fiel servidor, no le defraudará. Espero que si esos dos franceses esconden algo y lo averigua lo comparta de inmediato con nosotros. Vamos a ver esto desde un punto de vista policial y también diplomático. Digamos que, desde ahora, este es un caso de estrecha colaboración entre policías de dos países amigos. —Dijo esto con algunas dosis de cinismo y desfachatez—. Ahora debe irse, es cierto que le llevan mucha ventaja, pero antes déjeme que le dé algo que le será de mucha utilidad —dijo levantándose.

Luego rebuscó dentro de un baúl y sacó de él un mapa enorme, un plano militar de la región a la que pretendían llegar. Lo desplegó parcialmente sobre la mesa y señaló con el dedo un punto concreto que a la vez marcó con un bolígrafo.

—Debe ir usted a este lugar, M'Hamid, es la última aldea de esa zona en el límite con el desierto.

Damián recordó que Patricia le había hablado de un «hotelito de ensueño» en un oasis...

—¿Hay algún hotel por esa zona? —preguntó a Afani.

—Sí, unos cuantos, en los alrededores de M'Hamid —respondió este—. Y esta —recorrió marcando también con tinta— es la ruta que debe tomar y la que seguro que ellos han tomado desde Marrakech, no hay otra. Bueno, sí la hay pero es más larga y el camino está en mucho peor estado. Por la N-9 hacia Ouarzazate, Mimón le guiará, él conoce bien esos territorios. Tardarán al menos ocho o nueve horas, eso sin parar demasiado, con suerte y con un buen coche. Son más de quinientos kilómetros y la carretera es un verdadero infierno. Tendrán que llevar cuidado.

Damián agradeció efusivamente al señor Afani aquel gesto tan noble, su comprensión, que hubiera entendido su situación en vez de tacharla de absurda, que no lo hubiera echado a patadas de su casa. El orondo y sorprendente Afani lo miró satisfecho, magnánimo, en cierto modo vanagloriándose de su poder, de su innegable sensibilidad, de su buena acción, y a la vez apremiándole para que se fuera antes de que pudiera arrepentirse. Ya que lo cierto era que podía llegar a hacerlo.

12

Mimón llevó a Damián a la comisaría a toda velocidad y por fin le devolvió su arma y sus tres cargadores. Aún no podía creerlo. Al colgar de nuevo la cartuchera del cinturón y notar el peso de la pistola atrás, sobre el culo, sintió que todo estaba de nuevo en su sitio, que recuperaba una parte de su alma. Sin su pistola se sentía como Sansón sin su cabellera.

Luego compraron lo que tenía previsto, lo imprescindible, lo que dictaba la sensatez para aventurarse hacia el desierto: dos cajas de botellas grandes de agua, un par de linternas, un par de cuchillos bien afilados y un abrelatas, un par de sacos de dormir, algunos víveres sencillos para aguantar dos o tres días, pan, unas conservas y unos embutidos. Mientras se abastecían en el supermercado, Damián pensó en la forma de desembarazarse de Mimón, pero luego decidió que posiblemente sería mucho mejor aceptar su compañía.

Después llenó el depósito del Montero y echó en el maletero una garrafa con cincuenta litros de gasoil extra. Estaban listos. Llegado el momento de partir sintió cierta congoja, no miedo, pero sí cierta aprensión, que la compañía de su colega marroquí, por extravagante que fuera, aliviaría. Que estuviera a su lado iba a facilitarle mucho las cosas, pensó con sensatez. Serían menores las posibilidades de perderse por ahí y le evitaría tener problemas con otros gendarmes corruptos, que los había, y muchos; no podía olvidar que estaba en Marruecos, donde las cosas no son ni funcionan como en España. Además así podría turnarse al volante con él y no tendrían que detenerse a descansar. En el fondo, aceptar la compañía de Mimón supuso un enorme consuelo. Lo notó al dejar atrás Marrakech y adentrarse por aquella horrible carretera que muy pronto, pocos kilómetros después, pareció conducirlos a ningún lugar.

Poco antes de salir de la ciudad roja recibió una llamada de José. Detuvo el coche en el estrecho arcén de arena para no perder la escasa cobertura que ya tenía.

—¡Patrón! ¿Qué me cuentas? —le dijo con cariño a José, así le llamaba muchas veces—. ¡Qué alegría oírte! ¿Sabes algo ya de esos dos? No me lo puedo creer, pero si no ha podido darte tiempo...

—No, pero estamos en ello, te diré algo pronto

—respondió José lacónicamente, con poco entusiasmo—. No te llamaba para eso.

—Dime entonces.

—Solo quiero saber cómo estás. Me he quedado muy preocupado esta mañana después de hablar contigo.

—No debes preocuparte, ya he conseguido todo lo que te dije. ¡Todo! —recalcó con orgullo—. ¿Cómo te quedas?

—¿A qué te refieres?

—Joder, a mi pistola, la he recuperado y por las buenas, no temas. He conseguido convencer al comisario que me la retiró, al final ha resultado ser un buen tipo. Ya sabes que cuando quiero soy muy persuasivo. —Al decirle esto se rio.

—¿Y ahora qué vas a hacer? —le preguntó José, inquieto.

—Ir a buscar a esos hijos de puta, ahora mismo. —Volvió a reírse—. De hecho, me pillas de camino al «infierno», pero no temas, que no voy solo, me han puesto un ayudante. Tengo aquí al lado a Mimón, un colega marroquí que me ayudará si hace falta. Es largo de contar y ahora tengo prisa.

—¡Joder con las prisas, macho! Siempre igual. Te superas cada vez que hablamos.

—Me llevan mucha delantera y el viaje es muy largo. ¿Tienes un boli a mano? Apunta por si acaso, estoy entrando en la carretera N-9 y voy desde Marrakech en dirección a..., espera. ¿Cómo era, Mimón...? Ah, sí, M'Hamid. Tú apunta Majamid, da igual. Eso está a tomar por culo, justo en el borde del desierto del Sahara, y allí buscaremos una especie de hotelito. Nos quedan más de quinientos kilómetros por delante, muchas horas, pero por allí tienen que andar los franceses engatusando a Patricia y a sus amigas. Intentaré llamarte si aún tengo batería y cobertura —le dijo, dándose cuenta de que había olvidado comprar el cargador para enchufar en el mechero del coche—. Por cierto, ¿algo nuevo de Campanas? —le preguntó.

—Vamos teniendo cosillas... Oye, te dejo, que tú, como siempre, tienes prisa —le reprochó con cariño—. Así que... ¡que te den! Ten mucho cuidado, no te metas en más líos de los que ya tienes e intenta llamarme de vez en cuando, así me vas contando. Yo haré lo mismo, en cuanto sepa algo de esos dos cabrones te llamo, ten operativo el teléfono, por favor.

—Lo intentaré, no te preocupes. Un abrazo fuerte, José. Gracias por todo y cuídate tú también. El martes por la mañana volveré con ellas a Madrid y así me cuentas en persona. —Dijo esto con la sensación de que el martes quedaba muy lejos, con el presentimiento de que tardaría en llegar el feliz momento de regresar con Patricia a España—. ¿Nos vamos? —preguntó a su silencioso colega que estaba feliz y amodorrado en el asiento de cuero.

Arrancó el coche y encendió la radio, solo pudo sintonizar música moruna, lo que a Mimón le pareció fantástico.

Los kilómetros se le hicieron eternos, cada uno de ellos, y ya llevaban cerca de cuatrocientos. Cada vez más y más pesados. La carretera, por llamar a aquel camino de cabras de alguna manera, pasó de las interminables rectas a hacerse más y más sinuosa, más estrecha, más llena de baches. En algunos tramos las curvas se sucedían en un sinfín maquiavélico hasta llegar a desorientarte, a marearte, a desquiciarte, especialmente mientras cruzaron las montañas del Alto Atlas.

Recordó a Patricia diciéndole ingenua que el desierto estaría a unas cuatro horas, ellos llevaban ya casi seis de viaje y estaban poco más allá de la mitad del camino, le aseguró Mimón. El marroquí vivía aquello con absoluta naturalidad, casi impávido, seguro que podría viajar así durante días sin alterarse lo más mínimo; estaba curtido en esas rutas infernales. Hasta le pareció que Mimón disfrutaba de la comodidad de un coche que, comparado con el suyo, era para él una especie de lujosa nave espacial.

Damián estaba absolutamente agotado y a la vez impaciente por llegar, por dar con ellos. No quería siquiera parar, pero se hacía ya inevitable.

Llegados a un punto, entraron por el ancho bulevar que atravesaba un pueblo grande o una ciudad pequeña, no estaba claro, un lugar entre destartalado y emergente, entre pobre y rico, lleno de comercios de alfombras y talleres de reparaciones.

—Aunque mapas digan otra cosa, ahora empieza desierto de verdad —le aclaró Mimón.

Justo lo dijo mientras Damián se detenía en un bar de mala muerte junto a un taller, el Taller de Mohamed Gordito, así rezaba en el cartel de tela roja que colgaba sobre la entrada al garaje: «Kobe motor-La puerta al desierto-Mecánico 4×4, moto, quad.»

Precisaban comer algo y descansar, sacudirse un poco el cansancio y el polvo. Damián entró en el local recordando el fastuoso cuarto de baño de su habitación en La Mamounia. Imaginó el placer de darse una ducha y sentir el agua recorriendo su piel, llevándose aquella insufrible mezcla de sequedad y sudor pegajoso que le incomodaba. El calor de fuera, en contraste con el confortable aire acondicionado del automóvil, resultaba muy fatigoso, sofocante. Soplaba un viento fuerte, arenoso y abrasador, cada vez con más fuerza. Mimón le advirtió de que podía avecinarse una tormenta de arena; para Damián, ya lo era. Se conformó con lavarse un poco la cara, el cuello, los brazos y el pecho en el lavabo del escueto e inmundo aseo del bar.

En la zona donde se sentaron había algo de cobertura y, aunque iba y venía, pudo ver que tenía cuatro llamadas perdidas de José y un mensaje en el buzón de voz. El corazón le latió deprisa, casi tanto como cuando miraba a Patricia, pero esta vez lleno de nerviosismo y no de cándida pasión. Apenas tenía batería, pensó mientras el móvil se apagaba justo en ese momento.

—¡Maldita sea! —gritó Damián.

Y los pocos hombres que había en el café los miraron de soslayo, con mala cara.

Damián pidió permiso para enchufar el teléfono y una cerveza bien fría. Mimón pidió una Coca-Cola, se la bebió de un trago y se fue a comprar uno de esos adaptadores para cargar en el coche durante el resto del viaje.

—Ahora vengo, yo busco, encuentro, siempre encuentro, seguro, *siñor* —le dijo.

Damián sacó el cargador y lo enchufó en una deteriorada toma que había bajo una ventana. Se sentó en una silla de formica muy pequeña, como de escuela, encendió el teléfono y por fin pudo oír el mensaje que le había dejado José.

«¡Joder, te he llamado cuatro veces! ¡Mira el puto móvil! En fin, que ya tengo noticias de los franceses... Solo uno de ellos es realmente francés de nacimiento, el otro es argelino. Sus pasaportes son falsos, también sus nombres, todo. De hecho, están buscados en varios países, son una especie de mercenarios que trabajan para el mejor postor y que acumulan antecedentes por diferentes delitos; sobre todo uno de ellos, el tal Didier, que en realidad se llama Brahim, Brahim Morat, apodado *Malamar*, al que la ficha de Interpol describe como un tipo realmente peligroso, diestro con las armas, experimentado en combate, buscado por tráfico de drogas y armamento, lesiones con resultado de muerte y con varios presuntos asesinatos a sus espaldas. El gabacho se llama realmente Edmé Bardot, como la actriz, y este tiene un historial delictivo más discreto que el primero, sobre todo, detenciones por estafa y extorsión, intento de secuestro, tenencia ilícita de armas, blanqueo y algún que otro atraco a mano armada. Además también he analizado los mapas que me has mandado, y he caído en algo que te ha pasado desapercibido, supongo que por la excitación del momento y las prisas… Resulta que en uno de los planos han señalado otra pista de aterrizaje, creo que es otro pequeño aeródromo, a las afueras de un lugar llamado Zagora.

»Y esta segunda localización me ha dado que pensar: si esos tipos llegaron a Marruecos en avión privado, vista su calaña, está claro que evitaron de forma deliberada aterrizar en un aeropuerto internacional como el de Menara, más vigilado y controlado. Así que muy posiblemente señalaron esas pistas para tomar tierra en una de ellas. Las dos son pequeñas y están en lugares discretos, con poco o nulo control, sin demasiado tráfico si es que lo tienen, medio abandonadas en medio de la nada. Eso ya no augura nada bueno. Vete a saber qué oscuros asuntos los han llevado a Marrakech, y si las chicas corren un peligro real con ellos... Quizá solo buscan pasar un buen rato o quizás algo más... También he comprobado que las autoridades marroquíes no tienen ni la más mínima idea de su presencia en el país. Hasta aquí todo lo que he averiguado —decía Marín, que era más que suficiente—. ¡Vete con ojo e infórmame! ¡Y cuídate mucho!»

Al colgar, Damián sintió una gran inquietud por Patricia y sus amigas y a la vez una estúpida complacencia por no haberse equivocado, por tener razón, por no estar mal de la cabeza. Aquellos cabrones eran lo peor. Su instinto funcionaba bien.

«Zagora... —pensó Damián—. José ha hablado de un aeródromo en Zagora... Juraría que...»

Justo en ese momento llegó Mimón.

—¿Dónde estamos, Mimón?

Y este le confirmó lo que ya suponía, de lo que estaba casi seguro: así se llamaba ese lugar, estaban justo en Zagora. Sin duda, la providencia existía, pensó. Si alguien describiera esa absoluta casualidad en una película o una serie seguramente resultaría inverosímil, pero así había sucedido, justo así.

Decidieron que antes de continuar viaje hasta el hotelito de ensueño en el oasis en algún lugar alrededor de M'Hamid, echarían un vistazo en ese aeródromo. Según el mapa, el desvío estaba de camino, a unos veinte kilómetros de allí. Probablemente, si esos dos habían aterrizado y estacionado allí su jet, se vería desde la carretera; si estaba en el otro aeropuerto, mala suerte, seguirían. Pronto empezaría a anochecer. Terminaron rápido el tentempié y salieron pitando hacia allá después de comprar unos prismáticos en un bazar, iban a necesitarlos. «¡Estúpido —se castigó Damián—, debería haberlo pensado antes de salir de Marrakech...! Bueno, no soy infalible.» Mimón quitó el mechero del coche y enchufó en el orificio el cargador del móvil, ya no volverían a quedarse sin batería.

En efecto, desde el desvío, a lo lejos, en mitad de una inmensa e inhóspita estepa de arena, se atisbaba lo que podía ser un aeropuerto, lo que quedaba de él. El sol empezaba ya a rozar el horizonte cuando Damián se detuvo en la cuneta, el viento cada vez era más intenso. Sacó de su funda los binoculares y miró con ellos por la ventanilla.

—¡Pleno! —le dijo satisfecho a su acompañante—. Allí se distingue un avión, mira.

Mimón bajó del coche, apoyó las manos sobre el capó y observó un buen rato. Era un jet de negocios pequeño, con dos reactores, de color blanco y con una raya verde y otra dorada decorando el fuselaje. Mimón no alcanzaba a distinguir bien la matrícula pintada en la cola, ¿F551WH?, eso parecía poner. Damián la apuntó: se la mandaría de inmediato a José, a ver qué podía sacar; por la F, sería un aparato francés, todo encajaba. Se subió al techo del Montero.

—¿Y si nos acercamos un poco para ver mejor? —pensó en voz alta observando de nuevo con detenimiento, ahora subido al techo del Montero.

—¡Yo, preparado! —le dijo Mimón.

Y le mostró una pequeña ametralladora que acababa de sacar de su vieja bolsa de lona verde, tenía en una mano un M-3, un subfusil automático, y en la otra, un par de largos cargadores.

Damián lo miró con asombro e incredulidad. Esa arma les vendría bien, si es que llegaba a funcionar, pensó; parecía una reliquia.

El aparato estaba estacionado en una plataforma de cemento cercana a la pista. Las rachas de viento iban cubriendo de arena el agrietado asfalto, lo que quedaba del pavimento. Habían arriesgado mucho aterrizando allí, ¿para qué?

A veces la usaban los helicópteros o avionetas de algunas expediciones al desierto. Más allá, un par de edificaciones a medio construir o a medio derribar, y lo que parecía una pequeña torre de control con algunos cristales rotos.

Entonces Damián vio algo que le hizo sentir un escalofrío: un poco más a la derecha de esa torre, aparcado junto a un viejo y deslucido hangar que algún día estuvo pintado a rayas rojas y blancas, brillaba iluminado por los últimos rayos de sol un coche grande y blanco, no se distinguía bien pero bien podría ser un Range Rover como el de ellos. El pulso le latió fuerte en las sienes y notó un pinchazo recorriendo la columna vertebral. Eran ellos. Bajó de un salto del coche, muy excitado.

—¿Y si estuvieran ahí? —le dijo a Mimón—, ¿por qué no?

En ese instante, Damián lo vio todo más claro, comprendió que el objetivo de esos tipos era Patricia, seguro, buscaban secuestrarla. ¿Eran esos cabrones los mismos que lo habían intentado en Madrid? ¿Cómo podía haber sido tan necio? ¿Cómo no se había dado cuenta antes? Era complicado aventurarse por ese camino sin que los vieran llegar. Había que buscar otro lugar desde donde observar, pero ¿dónde en mitad de aquel páramo de arena? ¿Cómo acercarse sin ser vistos? Esperaron a que anocheciera para intentar aproximarse; solo ocultos en la penumbra tendrían una oportunidad.

Mimón se fijó en la señal que había en el desvío y la indicó mirando a Damián. En el deteriorado y casi ilegible cartel ponía: AIRPORT-STATION DEPURATION. Aquel camino no conducía solo al aeropuerto fantasma, iba más allá, hasta unos depósitos que se veían detrás y a la izquierda de la pista. No eran muy altos pero sí lo suficiente, podrían subir a uno de ellos y tal vez vigilar mejor desde allí. Pasarían junto al viejo recinto vallado del aeródromo con las luces apagadas y seguirían adelante. Tal vez ese plan les daría una oportunidad.

Por fin anocheció, y el vendaval del demonio levantaba ya nubes de arena y de polvo amarillo. Eso también podría favorecerlos, camuflarlos de algún modo, pasarían más desapercibidos. Lo mejor de todo era que en esas condiciones el avión no podría despegar, si es que pensaban hacerlo, supuso Damián. No se equivocaba.

El viento había trastocado por completo los planes de los mercenarios, unos perversos planes que superaban la capacidad de imaginación de Damián y de José.

En efecto: el objetivo de Brahim Morat y Edmé Bardot no era otro que raptar a Patricia del Castillo. Se trataba de un oscuro e insólito asunto que venía de lejos. Desde meses atrás, poco después de que Patricia coincidiera en Madrid con el futbolista David Beckham y su mujer en una cena.

La vida puede ser realmente insólita.

13

Se celebró una gran fiesta para celebrar el lanzamiento en España de Haig Club, la selecta marca de whisky de la que Beckham era embajador mundial, un evento muy exclusivo con invitados también excepcionales. Sentaron a Patricia a la mesa del deportista y su mujer; David le pareció un tipo simpático, auténtico, un poco soso, pero todo un caballero, y Victoria, a pesar de ser algo seca al principio, después de unos vinos se tornó cercana y encantadora.

Los tres pasaron una agradable velada juntos. Conversaron sobre todo de moda y de viajes, los tres eran grandes viajeros. David habló de su aventura televisiva en el Amazonas brasileño, para la grabación de un documental junto a unos amigos; Vicky, de sus constantes idas y venidas de Londres a Nueva York por su trabajo como diseñadora; Patricia, de su última experiencia en una reserva para elefantes en Tailandia.

Una charla llevó a la otra. Los Beckham tenían pensado viajar el siguiente fin de semana a Dubai y propusieron a Patricia unirse a ellos con un acompañante, si lo tenía, y por supuesto con todos los gastos pagados por Dubai World, un grupo de empresas del que los Beckham eran accionistas e inversores. Cada socio podía invitar a dos personas a una gran fiesta. Lo pasarían muy bien.

A Patricia le encantó la idea, sería divertido. Ella estaba acostumbrada a viajar así, a todo lujo, hoy, Buenos Aires; mañana. Kingston; la semana que viene, Praga, Londres o París, muy pronto a Los Ángeles, pasando por Nueva York, de *resort* en *resort*, de cinco en cinco estrellas, o más si las hubiera. Estaba habituada a vivir así, a hacer esas cosas que son inalcanzables para la mayoría de los mortales, las que casi ni nos atrevemos a soñar por impensables. Ella, como el antiguo astro del fútbol y su fascinante señora, la antigua Spice Girl, también pertenecía a esa élite. Sería algo especial, seguro.

Le pareció tan insólito, divertido y glamuroso viajar con los Beckham que aceptó encantada la invitación, aunque iría sola, les dijo. Sería un placer intimar con Vicky, parlotear con ella de moda y tendencias, e incluso salir juntas de *shopping* por Dubai. Seguro que era una tía maja.

Unos días después, los tres se vieron en Londres y desde allí volaron a Dubai, cómo no, de la forma más exclusiva, en la Gran Clase de un Airbus 380 de Emirates. Se alojaron en las suites de trescientos metros cuadrados a tres mil dólares la noche del súper lujoso Burj Al Arab, el hotel más alto y sofisticado del mundo, un edificio en forma de vela construido sobre un islote ganado al mar. Ese era el plan, un fantástico plan, un fin de semana de ensueño. Los tres estarían entre los invitados de honor del jeque Mohammed bin Rashid Al Maktoum, emir y primer ministro de los Emiratos Árabes Unidos, además de propietario de un buen puñado de empresas, entre ellas esa, Dubai World, el *holding* que estaba al frente del proyecto inmobiliario, posiblemente, más costoso y extravagante del mundo: las urbanizaciones para millonarios de Palm Island, entre otras, muy cerca del hotel donde se alojaron. Mansiones construidas también sobre un montón de islas artificiales que forman una gigantesca palmera, tan grande que se puede ver desde el espacio y que cuentan con propietarios tan exclusivos como los Beckham. Por eso, entre otras cosas y otras muchísimas celebridades, estaban ellos allí.

En medio de ese insospechado ambiente se vio metida Patricia, encantada, feliz de poder disfrutar de algo tan poco habitual y conocer a personas tan interesantes.

Su anfitrión, el emir dubaití, era uno de los hombres más poderosos y ricos del mundo. La revista *Forbes* estimaba su fortuna en unos doce mil millones de dólares, y posiblemente se quedaban cortos. Aquellas invitaciones y agasajos multitudinarios eran bagatelas para él.

Ya esa primera noche organizó una gran recepción, una gran cena de gala a la que asistieron algunos de los personajes de más alta posición y más acaudalados de los siete estados de los Emiratos. Entre ellos, por supuesto, había muy pocas féminas, y la mayoría de ellas se contaban entre las invitadas occidentales. Allí las mujeres son seres de segunda, casi siempre relegadas a estar unos pasos por detrás de los hombres, en todos los sentidos y en todas las clases sociales; también entre las más altas esferas sucedía así. Para la inmensa mayoría de aquellos millonarios tocados con turbante, las mujeres estaban en este mundo para servirlos, para darles buen sexo e hijos varones, preferiblemente.

Patricia brilló con luz propia aquella noche ante aquellos magnates árabes. La española que acompañaba a los Beckham, una mujer sola, rubia, distinguida y despampanante, levantó muchas pasiones, ya que esa noche estaba especialmente sensual, terriblemente bella, peinada con un moño alto y embutida en un ceñido vestido de noche de pedrería verde botella, como sus ojos. Y también levantó ciertas suspicacias, ya que a algunos su vestido les pareció una lamentable falta de decoro, algo en cierto modo ofensivo a sus costumbres. Nadie le quitó ojo, y su cuerpo escultural, su simpatía y su elegancia terminaron cautivando a todos; se convirtió en el centro de muchas conversaciones, de comentarios y elogios, también de críticas maliciosas y deseos inconfesables, aunque por su ingenua forma de ver las cosas ella no fuera del todo consciente.

Entre todos los invitados, Omar al Sulaiman se encaprichó de ella especialmente, de un modo atroz, lascivo, inconcebible. Peligroso, muy peligroso, tanto como la mordedura y el veneno de una cobra. De hecho, tenía mirada de serpiente. La deseó de inmediato. Nada más verla se empeñó en conseguirla como fuera, y era un hombre que siempre satisfacía sus deseos, por imposibles que pudieran parecer. En ese instante, esa noche, se empezó a fraguar la insospechada pesadilla de Patricia. A veces las cosas suceden así, a nuestra espalda, en la retaguardia, allá desde donde no podemos verlas venir.

Algunos lo llaman destino, un mal destino.

Aquel viejo era un jeque kuwaití que buscaba asociarse de algún modo con el sultán Ahmed bin Sulayem, el presidente de Dubai World. Era muy poderoso e inmensamente rico y no dudaría a la hora de invertir una fortuna en la compañía, y otra en conseguir que aquella hembra prodigiosa pasara a formar parte de su harén, que lo tenía y considerable. A cualquier precio, al igual que hacía para adquirir las mejores yeguas de carreras del mundo. Para aquel individuo no había mucha diferencia entre comprar una jaca y una mujer, salvo en el precio. Sería aún más caro y complicado conseguir a la rubia española. La tasación fue muy alta, la valoró bien. Y no hay leyes ni barreras legales que no se puedan saltar o pervertir cuando se maneja y se reparte tanto dinero.

Hacerla suya le costaría, entre una cosa y otra, unos tres millones de dólares, pero esa cantidad para él era calderilla, aunque nunca antes se hubiera gastado tanto en conseguir una hembra; eso, al fin, eran todas las mujeres para él: zorras más o menos caras. Meter a aquella delicia europea en su cama, poseerla durante meses, hasta saciar todas sus perversiones, hasta cansarse de ella, bien valdría todo ese dinero.

Los sucios deseos del depravado y despreciable Omar al Sulaiman pusieron en marcha una infalible maquinaria de maldad, una cadena de corrupciones, chantajes, pagos y órdenes que llegó finalmente hasta los que serían los ejecutores del secuestro en el sur de Europa.

Apenas un mes después de aquella cena en Dubai

de la que nació una gran amistad entre los Beckham y la señorita Del Castillo, los siniestros Brahim Morat y Edmé Bardot ya habían cobrado en efectivo la mitad del botín. Y estaban impacientes por pillar el resto de lo pactado. Lo cobrarían a la entrega del material, cuando la joven estuviera intacta, sana y salva, en la inmensa residencia del jeque. Este les dijo que no debían escatimar en gastos, tendrían lo que necesitaran a cambio de llevarle a domicilio a esa mujer. Morat y Bardot tenían dos o tres meses para conseguirlo, a lo sumo, su antojo no podría esperar más, y no quería retrasos ni descuidos. Los errores para aquel amo y patrón árabe se pagaban con la muerte, más pronto que tarde. Esos dos lo sabían bien, una vez embarcados en aquella aventura no podían fallar ni cometer ningún traspié.

Nunca es sencillo secuestrar a una persona, no tanto como puede parecer en la ficción. Malamar y el francés pusieron a dos tipos tras ella, ellos harían el trabajo sucio; esos dos esbirros la vigilaron durante cerca de un mes antes de actuar con tanta torpeza en el parking de Madrid. Se confiaron y no calcularon bien los riesgos. Y aquel resbalón les complicó las cosas a Morat y Bardot, ya que la chica empezó a estar protegida día y noche. No podía volver a suceder.

Decidieron ocuparse personalmente del asunto, y vieron el cielo abierto al enterarse de que la joven viajaría a Marruecos. Allí no fallarían, era un territorio más propicio para su estilo, para su forma de hacer. Que un perro policía español la acompañara no supondría mucho más que una molestia. Le darían esquinazo o lo quitarían de en medio si hacía falta, aunque preferirían evitar matar polizontes, eso ponía muy rabiosos y perseverantes a sus colegas.

Enseguida tuvieron a su disposición un jet privado y un experto piloto en el aeropuerto de Pau, un pequeño aeródromo en los Pirineos, en el que su pagador tenía buenos contactos y gran influencia; de hecho, las instalaciones aeroportuarias eran prácticamente suyas. El Cessna Citation Mustang 510 era el avión más apropiado, un pequeño reactor de negocios para dos tripulantes y cuatro pasajeros, muy veloz e ideal para aterrizar y despegar en pistas cortas. El único inconveniente era el alcance, tenía autonomía para volar unos dos mil quinientos kilómetros, y el viaje de vuelta hasta Dubai desde Marruecos supondría más de seis mil, tendrían que hacer un par de escalas. Pero todo se podía calcular, organizar, conseguir.

De entrada, no fue complicado sobornar a las personas apropiadas para que se hiciera la vista gorda con un plan de vuelo bastante irregular, abierto a los cambios, inapropiado e inexacto. Desde Pau volarían hasta Marruecos, donde aterrizarían sin más problemas en Beni Mellal, un lugar remoto y discreto, donde encontrarían esperándolos un coche, un Range Rover

HSE prácticamente a estrenar con el que moverse por las pistas marroquíes. Y allí aguardaría el piloto hasta que le avisaran; una vez se hicieran con la chica, él volaría hasta la pista perdida en Zagora para recogerlos.

El plan era tomar tierra, subirla a bordo cuanto antes y despegar en pocos minutos rumbo a los Emiratos ya con su presa. Sobrevolarían Argelia y harían escala en Trípoli y en Alejandría, en Libia y en Egipto. Nunca se volvería a saber de ella. Patricia del Castillo sería una más de las miles de personas que misteriosamente desaparecen cada año, sin remedio. Su caso, seguramente, generaría más indignación y escándalo, más revuelo, mucho ruido en los medios de comunicación y un gran movimiento entre las fuerzas de seguridad. Pero todo eso pasaría, todo se olvidaría, siempre sucede igual.

Los únicos que penarían serían sus familiares, sus seres más queridos, e incluso ellos acabarían aceptando la pérdida, aceptando lo inaceptable. Nada se guarda o se sufre de por vida.

14

    Entre los inconvenientes con que se toparon los raptores, estaban las dos chicas que viajaban con ella. Y entre sus errores estuvo el no valorar la tenacidad y el olfato del policía español que las acompañaba; un hombre enamorado de aquel modo puede ser muy perseverante a la hora de guardar bien a la mujer amada. Pero a Morat y a Bardot no les inquietaba lo más mínimo su presencia. Las amigas de Patricia sí que eran un verdadero estorbo, una molestia inesperada. Pensaron en venderlas a alguna mafia de trata de blancas, sabían a quién, cómo y dónde hacerlo, pero las chicas no eran nada excepcionales, no sacarían mucho por ellas, y aquel lío podía enturbiar su verdadero objetivo y joderles el negocio. La avaricia podía romper el suculento saco que ya tenían asegurado. Al final decidieron que lo mejor sería, llegado el momento, acabar con ellas y hacer desaparecer sus cuerpos en el desierto, sería muy sencillo. Problema resuelto. Y ese momento parecía haber llegado.

En esas estaban esos dos mientras Damián y Mimón se iban acercando hasta el destartalado portón metálico que, en otro tiempo, sirvió para mantener cerrado el parco recinto aeronáutico. Al arriesgarse a pasar tan cerca pudieron ver perfectamente el coche aparcado junto al hangar. Los dos llevaban las armas al alcance de la mano, preparadas.

Mientras, dentro, los secuestradores discutían ante la mirada indiferente del piloto y el pánico de sus víctimas, que asistían a la escena amordazadas y maniatadas en un rincón. Brahim reprochaba a Edmé sus reparos, sus remilgos, el no haberlas matado antes. Era un tipo violento; la vida de una rata sería, seguro, más digna que la suya. Estaban perdiendo un tiempo precioso, tenían que despegar cuanto antes, salir de allí.

El piloto intervino en ese punto y fue tajante, habría que esperar varias horas a que amainara lo suficiente el temporal, aquel fuerte siroco que parecía querer llevarse el cobertizo y volcar el reactor.

—La pista es muy corta —les advirtió—, demasiado, lo justo para que el avión se eleve con seguridad, sin riesgos. En estas condiciones el despegue acabaría muy probablemente en catástrofe, y vosotros no queréis eso, ¿verdad? —les dijo con ironía—. Necesitamos como mínimo mil cuatrocientos metros para despegar, y la pista apenas tiene mil quinientos, además está medio cubierta de arena, y con semejante componente de viento cruzado, de unos cuarenta nudos, es imposible, nos saldríamos por mucho que yo pusiera los «cuernos al vendaval» —les dijo en jerga aeronáutica—. Aunque el aparato es capaz de aterrizar y frenar en menos de un kilómetro, el despegue es otra cosa, y en eso mando yo.

—Está bien —aceptó Malamar—, esperaremos a mañana para largarnos, pero ejecutaremos y enterraremos a estas dos cuanto antes. ¡Ya! —gritó.

Él y Edmé sacaron a las dos chicas a empujones fuera del cobertizo y bajo la tenue luz de las únicas dos farolas que iluminaban el recinto, sin titubear, les descerrajaron un certero tiro a cada una en la cabeza.

Damián y Mimón creyeron oír disparos mientras intentaban subir por una pequeña escala corroída hasta lo alto de uno de los depósitos que encontraron un poco más allá, luchando por que la ventisca no los tirara abajo.

Horrorizados, impotentes, vieron ya desde arriba cómo arrastraban y arrojaban los cuerpos a una zanja y cómo echaban sobre ellos, con desgana, un montón de piedras y unas cuantas inútiles paladas de arena que se llevaba el aire. No lo podían creer.

Era inconcebible que los acontecimientos se hubieran precipitado de tal manera, sin darles tiempo a pensar, a reaccionar. Fue un *shock* tremendo, y si querían liberar a Patricia tendrían que calmarse, pensar y actuar rápido, con eficacia. Debían hacer algo cuanto antes.

Los asesinos volvieron a refugiarse en el hangar. Ellos allí arriba ya no hacían nada.

—Mimón, tendremos que bajar, acercarnos y sorprenderlos de alguna manera. Hay que inutilizar el jet como sea, rajar los neumáticos o disparar contra los motores, agujerear los depósitos de las alas. Esa es la idea, y si el aparato salta en mil pedazos, mucho mejor. Tú irás hacia la pista. Yo esperaré agazapado a que la sorpresa juegue a nuestro favor, a que salgan a ver qué ha pasado, entonces los abatiré.

—Pero son tres contra uno, *siñor*, y no se ve bien... —objetó Mimón.

—Tranquilo, soy buen tirador. Tú irás de inmediato a cubrirme una vez que hayas neutralizado el avión.

Era factible. Aún no habían visto a Patricia, y era posible que los secuestradores salieran del hangar parapetados detrás de ella, y ese era un riesgo inasumible, pensó Damián.

—Pero antes —prosiguió Damián— quiero intentar echar un vistazo dentro, ver cómo y dónde tienen a Patricia.

—*Siñor*, no creo que sea bien, yo no de acuerdo...

—No hay nada que decir, Mimón, aquí mando yo —le respondió decidido.

Se aproximaron cuanto pudieron, hasta atrincherarse tras una caseta que estaba a unos diez o quince metros del hangar. El coche estaba al otro lado y la zanja con los restos de las chicas a su derecha. Damián cogió el subfusil y la pistola, cargó las dos armas, quitó los seguros y se acercó culebreando hasta el edificio, zigzagueando, muy despacio, deseando hacer salir unos cuantos casquillos de la recámara. El vendaval seguía siendo insoportable pero le favorecía: sería más difícil verlo u oírlo. Mimón se puso en guardia apuntando con su revólver y cubriendo a Damián por si acaso.

En ese lado del cobertizo metálico había varios ventanucos pequeños y cubiertos de polvo, seis tragaluces y también algunas grietas, algunas chapas rotas o separadas por las que se podía ver el interior. Se asomó con mucha precaución por una de las aberturas y acertó, podía verlos bien, allí estaban los cuatro, completamente ajenos a cualquier amenaza, convencidos de que nadie podía saber dónde estaban. Su arriesgada visita a la suite de esos miserables y fotografiar aquellos mapas había sido providencial.

Los tres hombres estaban sentados alrededor de una mesa pequeña bajo una bombilla que colgaba de un cable que se perdía en la oscuridad del alto techo. Jugaban aburridos a las cartas mientras Patricia, un poco más allá, permanecía sentada en una silla, con las manos atadas a la espalda y la cabeza caída hacia delante. Vestida aún como la última vez que la vio, sucia y deslucida, con el pelo enmarañado y lleno de polvo, totalmente abatida, agotada por completo. No pudo distinguir su rostro. Le partió el corazón verla así, y le asaltó una furia terrible. El odio le hizo hervir la sangre. Pensó en romper uno de los ventanucos y abrir fuego contra aquellos tres hijos de puta sin más miramientos, pero una bala perdida podía herirla o matarla.

Regresó agachado junto a Mimón.

—Es hora de ejecutar el plan —le ordenó—. Ve hacia la pista y dispara contra el avión. ¿Sabrás hacerlo?

—Claro, no problema —le respondió este.

Cuando esos cabrones salieran alarmados al oír los disparos o la deflagración, los mataría a los tres, sin piedad. No era la primera vez que disparaba contra un hombre, pero nunca había tenido tantas ganas de hacerlo. La excitación era enorme, e intentó relajarse, respirar correctamente, serenar el pulso. Rezó para que, aturdidos por la sorpresa, esos cerdos no sacaran a Patricia delante de ellos como escudo humano.

Pasaron unos minutos que se le hicieron eternos, al

menos diez, hasta que Mimón se decidió a apretar el gatillo de su poderoso Smith & Wesson 29 Magnum atronando la noche. Disparó a pocos metros contra una de las alas y el primer impacto abrió un boquete enorme en el plano por el que empezó a salir el combustible a chorros, que inexplicablemente no estalló.

Luego, poco después, sonaron dos disparos más muy seguidos y esos sí que hicieron saltar las chispas que lo incendiaron, provocando una explosión enorme. Tan brutal que la onda expansiva y el queroseno alcanzaron de lleno a Mimón.

El pobre hombre corrió unos metros aullando desesperado y convertido en una antorcha, no había calculado bien el riesgo. Ni lo había pensado. Cayó unos metros más allá abrasado, fulminado. Murió casi en el acto.

Nada más oír la explosión, como Damián había calculado, la sorpresa hizo que los dos matones salieran raudos del cobertizo con las armas en la mano. Aquello era lo último que esperaban. Cuando Damián apretó el gatillo de la ametralladora no disparó, estaba encasquillado, y eso dio unos segundos a Brahim y a Edmé para abrir fuego contra él. Aunque una de las balas le alcanzó a la altura del hombro izquierdo, él respondió velozmente disparando contra ellos hasta vaciar el primer cargador de su H&K.

Las quince balas mataron a Malamar y dejaron malherido al francés, no viviría para contarlo en la cárcel.

Al pasar junto a ellos lo comprobó y les quitó las armas por si acaso. Aún pegó una patada a Edmé Bardot que se retorcía de dolor tirado en el suelo.

—Muérete, cabrón —le susurró.

El tipo farfulló algo a la vez que sangraba abundantemente por la boca, y entonces dejó de respirar. Todo había terminado para esos dos, como dicen en las películas, o eso parecía.

Dentro del hangar aún seguía el piloto. Damián metió un nuevo cargador en el hueco de la culata y cargó otra vez el arma.

—¡Soy policía! —gritó con todas sus fuerzas—. ¡Voy a entrar, y abriré fuego sin dudar si opones resistencia! ¡Si estás armado, más te vale dejar el arma donde yo pueda verla! ¡Ya! —bramó—. Tírate al suelo con los brazos abiertos.

Dio una patada a la puerta y entró en posición de combate, con las dos manos sujetando hábilmente la pistola en posición Weaver y dispuesto a disparar a matar.

Pero aquel tipo le había hecho caso, estaba tirado en el suelo y temblando, aterrorizado, suplicando en francés que no lo matara, que él solo era un piloto.

Damián le clavó la rodilla en los riñones y le puso la bocacha del cañón en la nuca mientras le ajustaba las esposas con dificultad por culpa de la herida del hombro.

Una vez que tuvo inmovilizado y neutralizado al

piloto, buscó con la mirada a Patricia: se había tirado o caído de la silla y estaba acurrucada en un rincón. Lloraba completamente fuera de sí, ajena a lo que sucedía a su alrededor, sin darse cuenta de quién se le había acercado para ayudarla.

Cuando Damián intentó levantarla, ella gimió con los ojos cerrados como un pobre animal maltrecho, asustado.

El esfuerzo por incorporar a Patricia hizo que él fuera consciente de la gravedad de su herida; el dolor de repente se le hizo insoportable, le punzó en el pecho y en la espalda; la sangre que ya le empapaba la ropa también subió por la garganta hasta su boca y paladeó su inconfundible sabor a herrumbre. Necesitaba cuanto antes un médico. «¡Maldita sea!, mira que si ahora la cago...» No estaba preparado para morir. En absoluto, quería más que nunca vivir, estar con ella algún día. Ese fue su único pensamiento, Patricia.

Se arrodilló de nuevo junto a ella y le habló suavemente, con mucha dulzura.

—Ya está, ya ha pasado todo Patricia, soy yo, soy Damián, he venido a buscarte, como te prometí —intentó consolarla mientras le acariciaba el pelo y la cara.

Le besó la frente y las mejillas unas cuantas veces y Patricia lo miró incrédula, aún gimoteando y con el terror reflejado en el rostro descompuesto, pálido y sucio, lleno de churretones. Luego se abrazó a él y lloró completamente desconsolada.

—Te voy a sacar de aquí, no te preocupes. —Cortó con cuidado las cuerdas que tenía alrededor de las muñecas y los tobillos—. Ahora trata de levantarte por ti misma —le suplicó—. Vas a tener que ser fuerte y ayudarme, estoy herido, no es nada pero no puedo contigo, eres tan pesada... —añadió, intentando bromear.

En ese momento, Patricia fue consciente de todo y se aferró a su brazo hipando y lagrimeando también, pero de felicidad.

—¡Eres tú! ¡Damián! ¡Has venido! ¡Dios mío, qué alegría, Damián!

—Hay que salir de aquí cuanto antes —le susurró él.

Se quitó la camisa y la hizo girones, con ellos y con la ayuda de Patricia taponó su herida lo mejor que pudo para contener la hemorragia. Buscó las llaves del Range Rover y al final las encontró encima de la mesa donde esos tres habían montado la timba, junto a un paquete de cigarrillos, un mechero y unas gafas. Encendió un pitillo y sintió que las piernas y las fuerzas le flaqueaban. Ordenó al piloto que se levantara y que le ayudara a llegar al coche sirviéndole de apoyo; le pasó el brazo derecho por encima del hombro y con la mano izquierda le puso el cañón de la pistola en el costado.

—Dame un solo motivo, cabrón, el más mínimo

—le dijo con aspereza—, y te hago volar sin avión, te reviento. Conduce tú —le pidió a Patricia—, ¿te sientes capaz?

Ella asintió con la cabeza, insegura. Seguía asustada, apenas podía articular palabra. Ni siquiera estaba del todo convencida de que la pesadilla hubiera acabado.

Él se sentó atrás con el piloto, sin dejar de apuntarle, aunque estaba seguro de que aquel tipo ya no suponía ninguna amenaza, de que estaba tan deseoso como ellos de poner fin a todo eso.

—Sigue por ese camino hasta el cruce con la carretera —le indicó a Patricia que parecía muy desorientada—, después toma a la derecha en dirección a Zagora, no está muy lejos, a unos diez kilómetros, allí encontrarás ayuda. —Empezó a sentirse realmente mal, un sudor frío le cubría por completo, temblaba sin control y empezó a ver borroso, a marearse de forma preocupante, casi a perder el sentido. La hemorragia había superado los límites—. Tienes que darte prisa, Patricia —la apremió algo desesperado, temiendo no llegar vivo, temiendo no poder volver a verla ahora que la había encontrado de nuevo—. Busca ayuda en Zagora, busca a algún policía y explícale lo que ha pasado, diles que se pongan en contacto con el comisario jefe Afani, de la Gendarmería Real, en Marrakech, diles que es de parte del inspector Fuentes, del poli español, por el asunto de los franceses, diles que...

Aquellas fueron sus últimas palabras antes de desvanecerse. Ya no podría hacer nada más por Patricia. Cayó desplomado sobre el piloto sin dejar de sangrar. La pistola que Damián empuñaba ya sin fuerza cayó sobre la alfombrilla del coche; pero Gabriel, que así se llamaba el piloto, poco podía hacer por cogerla con Damián encima empapándole de sangre y estando él esposado con las manos a la espalda. Ni siquiera sabría manejarla. También él quería llegar cuanto antes a alguna parte, beber agua, estaba seco, que lo detuvieran y lo interrogaran de una vez, contar lo poco que sabía, que le quitaran las esposas y lo dejaran en paz, aunque fuera en una celda. Al fin y al cabo, no había hecho otra cosa que su trabajo, pilotar un avión, aunque fuera para esos delincuentes, aunque en cierto modo se supiera cómplice de aquellos dos miserables. Lo era.

Patricia, a pesar del aturdimiento, consiguió resolver la situación, aun a duras penas. No valía para conducir deprisa, le daba espanto la velocidad, incluso en esas circunstancias, pero la vida de Damián dependía de cuanto pisara el acelerador. Condujo lo más rápido que pudo hasta Zagora, alejándose del escenario de la pesadilla; por el retrovisor aún podía ver el resplandor del avión en llamas. Todo le parecía surrealista, inconcebible, le costaba creer todo lo sucedido en tan poco tiempo. Nada más entrar en la localidad preguntó a unos lugareños y ellos mismos llamaron por teléfono a los gendarmes, que no tardaron en llegar. Los guiaron hasta la gendarmería y una vez allí, mientras unos guardias se ocupaban de Patricia y del piloto, otros dos agentes trasladaron a Damián a una clínica de urgencias sin siquiera bajarlo del coche. Patricia temió no volver a verlo nunca más. No podía parar de llorar, por eso, por todo.

Cuando ya estuvo más calmada, Patricia intentó resumir a la policía todo lo sucedido, la rocambolesca historia del secuestro, explicarles quién era ese tipo que iba esposado, y qué se iban a encontrar en el aeródromo, al menos cuatro cadáveres, los de sus amigas y los de los dos secuestradores; ella no sabía que también había muerto Mimón.

Los gendarmes llamaron, como les pidió Patricia, al comisario Afani de Marrakech. Le dijeron a este que no sabían qué pensar del increíble y confuso relato de la chica, o estaba loca o aquello era algo muy gordo. Afani intentó aclararles lo que había sucedido. Les contó lo poco que sabía y se puso en marcha de inmediato hacia allá.

Mientras, los agentes que habían ido hasta el viejo aeropuerto confirmaron que todo lo que contaba la joven española era cierto; encontraron los restos de una escena dantesca, y cinco cadáveres, dos mujeres a las que habían reventado la cabeza, dos hombres acribillados a balazos y otro carbonizado junto a los restos del avión, sería complicado identificar aquel cadáver, pero probablemente era el policía marroquí del que les había hablado Afani cuando les contó lo que sabía. Acordonaron toda la zona, pidieron refuerzos a los militares y esperaron órdenes.

El comisario Afani llegó horas después al lugar con varios de sus mejores hombres.

Cuando vio el cuerpo sin vida de su querido Mimón tirado en el asfalto, completamente calcinado, sintió un tremendo dolor. También quedó muy abatido al enterarse de que el policía español estaba malherido, en estado crítico.

Luego interrogó a Patricia y al piloto del jet, y todo empezó a cobrar cierto sentido para él.

Poco más tarde apareció el embajador de España con otros miembros de la legación diplomática para conocer más detalles y atender a Patricia, principalmente.

Los periodistas tampoco tardaron en ir apareciendo, y muy pronto la noticia de aquellos extraños sucesos voló como una centella. Era el efecto *breaking news*.

Así rezaba uno de los primeros titulares que enseguida empezaron a publicarse en la prensa digital: «El secuestro en Marruecos de una joven aristócrata española acaba en tragedia. Cinco muertos y un policía español gravemente herido.»

La maquinaria diplomática funcionó a la perfección para trasladar a Patricia a Madrid cuanto antes. Después de pasar muchas horas en Zagora prestando declaración, la trasladaron a Marrakech. Tras detenerse en el hospital para hacerle un completo examen médico, siguieron los interrogatorios, pero ya en una suite de La Mamounia, donde la llevaron de nuevo para que pudiera descansar y recuperarse antes de viajar de vuelta a España. Eso sucedió cuarenta y ocho horas después de todo aquel lío.

Los primeros médicos que atendieron a Damián hicieron lo imposible por estabilizarlo y salvar su vida con los escasos medios que tenían. Había perdido demasiada sangre y lo primero fue hacerle una transfusión; por fortuna, su grupo sanguíneo era A+ y tenían reservas de ese tipo. En cualquier caso, debían trasladarlo cuanto antes a un hospital para operar una herida que podía acabar siendo mortal. La bala había atravesado su cuerpo destrozándole por dentro. Si no lo llevaban en helicóptero, seguramente moriría, y el vendaval que aún soplaba hacía muy complicada esa posibilidad.

Por suerte, una hora después, el viento amainó lo suficiente como para que un Súper Puma del ejército marroquí pudiera trasladarlo hasta el hospital Ibn Tofail de Marrakech.

El piloto acabó en una siniestra cárcel marroquí a la espera de juicio. Aunque colaboró y contó cuanto sabía, sería castigado con severidad. Los investigadores sacaron pocas conclusiones certeras tras tomarle declaración una y otra vez. Él no sabía gran cosa de aquellos tipos, lo único que le habían contado era que habían raptado a la chica para entregarla a alguien muy poderoso y muy rico que se había encaprichado de ella en una fiesta en Dubai; no sabía más. Simplemente, le pagaban generosamente por hacer bien su trabajo y por no hacer preguntas.

Sería muy complejo encajar con precisión las pocas piezas sueltas que tenían.

Muy probablemente jamás averiguarían quién y cómo organizó todo aquello, nunca llegarían a saber quién ordenó y pagó por el rapto de Patricia del Castillo. Sería muy difícil poder investigar a esa gente, encontrar pruebas, demostrar de forma verosímil aquella película increíble.

15

Damián llegó medio muerto al hospital de Marrakech. Pasó casi dos semanas en coma inducido debatiéndose entre la vida y la muerte, pero al final empezó a mejorar, a recuperarse lentamente.

Cuando estuvo en condiciones, Interior puso a su disposición un avión medicalizado para trasladarlo a Madrid, donde todavía tuvo que permanecer ingresado unos días más antes de salir del hospital.

Cuando despertó, completamente desorientado, tuvo la sensación de haber perdido todas las manos posibles en aquel juego absurdo. Apostar con excesiva pasión siempre conduce a la derrota, a la postración.

José Marín fue a verlo tanto al hospital de Marruecos como luego al de Madrid, cada vez que tenía la oportunidad de aparcar durante unas horas la investigación del caso Campanas. Fue él quien le ayudó a que sus recuerdos más recientes fueran aclarándose muy lentamente en su memoria, encajando en su mente como las piezas desgastadas de un viejo puzle. El resultado era más de lo que podía soportar. Dios, sin duda, se había burlado de él, pero no quedaba otra que resignarse al destino. Nada importa demasiado, nada permanece, nada tiene demasiada trascendencia, se repitió, intentando convencerse. Nada, ni siquiera ese descalabro.

Tampoco saber que, posiblemente, había perdido a Patricia para siempre.

Ya en Madrid, Patricia todavía tuvo que dar muchas explicaciones a la policía, narrar otra vez cada detalle de lo vivido por nimio que le pudiera parecer.

Unos pocos días después de haber vuelto de Marruecos, asistió, junto a sus padres, al entierro de sus dos amigas. Los cuerpos de Silvia y Claudia fueron repatriados desde Marruecos, y, tras hacerles la autopsia, al final recibieron sepultura en el cementerio de La Almudena. Aquellos días fueron terribles para ella, otra pesadilla tras la pesadilla.

Cuando por fin todo pasó, sus padres se la llevaron lejos de todo aquel ruido insoportable, de la policía, de la prensa, de la enorme expectación que el suceso había causado. Viajaron en secreto hasta la estación de esquí de Saas Fee, en Suiza. Tenían una mansión en la perla de los Alpes, en las laderas del monte Dom. Allí

Patricia estaría a salvo de todo, podría serenarse, recuperarse por completo, intentar olvidar lo inolvidable.

Y así fue: la paz de aquel lugar, los mimos, el aire puro, la buena comida, los largos paseos y el esquí fueron poco a poco haciendo que Patricia volviera a ser quien era.

Pasado un mes de todo aquello, Damián y Patricia aún no habían vuelto a verse, ni siquiera a hablar. No volvió a saber de ella salvo las pocas vaguedades que unos y otros le contaban. Especulaciones. Nadie sabía realmente nada de ella. Había desaparecido de las redes sociales y también en la vida real. Cuando despertó de su letargo en el hospital marroquí lo primero que hizo fue preguntar por ella angustiado para luego respirar tranquilo al saber que estaba a salvo, que todo había terminado bien, al menos para Patricia.

Pensó en llamarla muchas veces pero no se sentía capaz, ni hubiera podido: durante la refriega, su móvil quedó destrozado. Imaginó que tal vez ella intentaría ponerse en contacto con él, no era tan complicado llamar al hospital y pedir que le pasaran con su habitación, pero no lo hizo. Aquello fue muy desalentador.

Más tarde, cuando pudo recuperar la tarjeta SIM con los datos que guardaba y por fin tuvo operativo otro teléfono, descubrió varios mensajes de Patricia en

WhatsApp. Al verlos le dio un vuelco el corazón, aquella profunda herida seguía abierta y parecía incurable, mientras la de su hombro evolucionaba favorablemente.

Tardó en atreverse a leerlos, emocionado. En aquellos escuetos mensajes ella le daba ánimos y se mostraba muy agradecida por todo lo que había hecho, también le pedía perdón por no haberle hecho caso, por no haberle escuchado siquiera, por todo. Le decía también que estaba pasando unos días en Suiza. Poco más. En el último, además de desearle lo mejor, le decía que esperaba poder verlo algún día para darle las gracias en persona. Algún día. Nada más. Su alegría se partió en mil pedazos, su emoción quedó varada como una barca abandonada en la arena.

Damián volvió a leer los mensajes ya en su pequeño, triste y deslavazado apartamento, sintiéndose más solo que nunca, profundamente abatido. Necesitaba salir de entre esas cuatro paredes, volver al trabajo, tener la mente ocupada, dejar de pensar en ella, pero aún seguía de baja y lleno de dolor, por fuera y por dentro. Aquellas vaguedades de Patricia le dolieron mucho más que las heridas. No es que esperara de ella palabras de amor, pero sí algo más tierno, más emotivo y esperanzador.

José, aunque andaba muy ocupado, fue a verlo una vez más. Quería comentarle un plan que tenía en mente. Nada más abrir la puerta, Damián sacó un par de cervezas y se sentaron a charlar un rato.

—¿Cómo vas? —le preguntó José agarrándole por la nuca con afecto.

—Mucho mejor. No creo que tarden en darme el alta; en cuanto la tenga, ahí me tienes, estoy deseando trabajar. Es lo único que me apetece.

—Ya te queda poco, verás. ¿Cuándo vas al médico?

—En unos días. Ese me firma el alta aunque lo tenga que encañonar.

—No te pases, tendrás que aguantar lo que haga falta, recuperarte del todo. Tienes que animarte, pero sí, te vendrá bien volver al tajo, salir a la calle, no pensar en ella.

—¿Quién te ha dicho que pienso en ella?

—Está claro, ¿no? Yo pensaría, ¿cómo no vas a pensar? Qué hija de...

—No digas eso. Ella ha hecho lo que tenía que hacer.

—¿Y no podía haberte llamado al menos? ¿Es que es gilipollas? ¿Qué pasa, que no se había dado cuenta de lo que sientes por ella? Va a ser que cualquiera se hubiera jugado la vida por esa niñata, ¡hay que joderse! Menos mal que te empeñaste en no perderla de vista, si no a saber dónde estaría ahora.

—Me dejó algunos mensajes. No pude verlos antes.

—¿Y qué te dice?

—Poca cosa. Que gracias, que me cuide, que tenía que haberme hecho caso cuando le advertí. Poca cosa.

—Pero ¿no vais a veros? ¿No te va a dar las gracias cara a cara? Mira, Damián, esta tía...

—No sigas por ahí José. Esta tía nada. No había nada salvo mis imaginaciones, mis deseos, nada más. Ella tiene su vida, su mundo, un mundo inaccesible para mí. Yo no encajo en su vida, tú tenías razón.

—Nos ha jodido que tenía razón...

—Su familia nunca lo aceptaría, además tienen otros planes para la niña.

—Está claro, ¿no?, estos no son como nosotros.

—La he cagado, José, pero bien —le dijo rendido en un lamento—. Me enamoré de mala manera, ¿a quién se le ocurre?

—¡A ti! Mira que te lo dije.

—¿Y qué se hace en estos casos? No puedo dejar de pensar en ella, estoy jodido.

—Es una putada, sí. —José no sabía bien qué decir.

—Por eso ella ha hecho bien. ¿Qué esperabas?

—Un poco de sangre en las venas, ¡hostias!

—A lo mejor no quiere verme. Puede que le recuerde todo lo mal que lo ha pasado. Esto ha sido muy fuerte para ella. Muy fuerte para todos. Nosotros estamos más acostumbrados a toda esa mierda, pero Patricia no. Nosotros vivimos cada día rodeados de basura, su mundo tiene nubecitas de colores y un enorme arcoíris de lado a lado...

—Qué maravilla, ¿eh? —ironizó José—. Vivir así. ¿Te imaginas...?

—Ni siquiera lo puedo imaginar.

—Entonces, ¿qué pretendías, traértela a Moratalaz, a este piso de mierda, mantenerla con tu sueldo de mierda? En qué puta hora te metiste en eso. Todo tu patrimonio son tus ahorros, dos guitarras y una moto.

—Daría cualquier cosa por verla ahora mismo, por olerla un segundo. Me da vergüenza decirlo pero hasta me he comprado un frasco de su perfume y echo un poco en la almohada por las noches, por aquí y por allá...

—Ya decía yo que aquí me olía a perfume, por un momento he pensado que te estabas volviendo gay.

—Lo tengo metido en la cabeza, Vintage Gardenia. Tengo grabado el instante preciso en que me lo dio a oler, cómo me miró, sus gestos, todo. ¡Qué belleza de mujer! Tengo todo metido en la cabeza y en el alma, ¡maldita sea!

—Ya sé que me vas a mandar a tomar por el culo, pero te lo digo igualmente. Llama a Paula, invítala a cenar, sácala por ahí una noche, pasad un buen rato juntos, es una chica divertida y...

—Eres la hostia, José. —Le interrumpió con una media sonrisa—. Eres incansable, te estoy confesando que me muero por esa mujer y tú me sacas a Paula.

Pero hombre, ¿no te das cuenta de que no estaría bien? Sería engañarla y engañarme a mí mismo. Ya se me pasará, no te preocupes.

—¿Y si la llamas tú?

—¿A Paula?

—No, joder, a la otra, a tu Patricia.

—No me sale. Bueno sí que me sale pero me gustaría conservar un poco de dignidad, ¿no te parece? Además, ya lo he intentado un par de veces y siempre tiene el móvil apagado o fuera de cobertura, ya sabes. Es muy posible que haya cambiado de número, yo lo habría hecho.

Entonces sonó un *bip* y José leyó en el teléfono un mensaje que acababa de recibir.

—Es posible, sí. Bueno, Damián, tengo que irme —le dijo, enseñándole fugazmente la pantalla del móvil—. Déjate de bobadas y recupérate del todo ya de una vez y nos vamos los dos por ahí a pillar al cabrón de Roura.

—¿Tenéis alguna pista de dónde podría estar?

—De momento, creo que tenemos la suerte de nuestra parte. Eso parece. Puede ser que tengamos algo bueno, no me atrevo ni a decirlo. Nunca se sabe. ¡Ah! Por cierto, ¿sabes que los de la tecnológica dieron por fin con el «acosador» de Patricia?, ¿sabes quién era?

—Seguro que nadie relacionado con esos otros dos.

—¡Una puta bloguera!, ¿te imaginas? ¡Como lo

oyes! Una niñata celosa, una chavalita de apenas veinte años que no soportaba el éxito de tu Patricia. Vete tú a saber qué la llevó a hacerlo. Mandaba los mensajes siempre desde cibercafés, por lo que ha sido jodido dar con ella, pero ya está. Esa parte del asunto está resuelta. ¡Menuda estupidez! ¡Qué pérdida de tiempo! A ver si le dan un buen susto...

—¿Y sobre el mosso? ¿Qué me ibas a decir?

—Pues eso, que tenemos algo bueno. Se localizó la señal del teléfono durante unos minutos, ya sabes cómo es eso, podría ser que no significara nada. Pero ha vuelto a suceder, ha vuelto a encenderlo, y otra vez la zona de localización del iPhone ha coincidido. Otra vez en los Pirineos franceses, en una reserva natural cerca de un pueblo llamado Orlu. Por si acaso, pedimos colaboración a los franchutes, les pasamos las fotos, los datos, en fin. Ayer nos llamaron...

—¡No jodas! ¿Lo han visto?

—No es nada seguro. Podría ser. Estuvieron echando un ojo por aquí y por allá, no creo que pusieran demasiado interés, no sé. El caso es que a un secreta de por allí se le encendió la bombilla y se le ocurrió dar una vuelta por una especie de parque temático que está cerca, se llama La Maison des Loups, «La Casa de los Lobos», o algo así...

—¿Y? —dijo Damián, impaciente.

—Vio a un tipo trabajando allí que se parecía al sospechoso. No hizo preguntas para no levantar la liebre, prefirió avisarnos antes. Están averiguando discretamente de dónde es y cuándo lo contrataron.

—¿Y cómo lo ha reconocido?

—Por lo visto estaba barriendo las hojas secas a la salida del parque. El compañero se acercó a él y le preguntó alguna chorrada. Es español. Pudo además verlo de cerca y encontró un parecido razonable, aunque lleva una frondosa barba. Puede que ahí esté nuestro hombre.

—Ya sería carambola, ¿no?

—No tenemos nada mejor de momento, así que voy a acercarme a ver si cae la moneda.

—Joder. ¿Y no puedes esperar unos días a que me den el alta?

—No, ¿cómo voy a esperar?

—No se va a ir, se sentirá seguro si ya lleva tiempo allí, ¿no crees?

—No, no me puedo arriesgar. He pensado acercarme con mi hija Carmen y con sus dos pequeñas, en plan abuelo con la hija y las nietas que van a ver lobitos.

—Eso es un poco arriesgado, ¿no?

—Pero ¿qué te crees, que soy gilipollas? Voy con ellas, miro sin levantar sospechas, confirmo y me piro. Luego vuelvo con la artillería y lo trinco. ¿Tú crees que alguien puede pensar que soy un poli si voy con ellas así en plan abuelete?

—La verdad es que de cualquier manera cuesta

creer que seas un poli —contestó Damián, bromeando con malicia.

—¡Te voy a dar así, cabrón! —le dijo levantándole la mano y riendo los dos—. Tengo que irme, Damián, a ver sin convenzo a mi hija. ¡Coño! Para ellas es un buen plan, ¿no te parece? Un par de días en Francia por la cara y visita a La Maison des Loups. Ya veré; seguro que me dice que sí, es buena hija.

—En cualquier caso, tenme al tanto; si está allí, dímelo, eso no me lo puedo perder. Oye, otra cosa: ¿el presentador está mejor?

—Sigue en el hospital más *p'allá* que *p'acá*, algo mejor dicen los médicos, pero ese se ha quedado tocado de por vida. ¡Qué putada, ¿eh?! ¿Te imaginas? Echas tres malos polvos y acabas en la cárcel y con un ictus que casi te mata. Un despojo queda de ese tío. Un buen hombre que lo tenía todo. Una mujer aún de buen ver, está buena la tía ¡eh!, que yo la he visto. Dos hijas estupendas. Un casoplón en Madrid y otros dos más por ahí, en Asturias y en Marbella, ¿qué me dices? Tres cochazos, un par de motos. Todo pagado y encima ganando lo que no está escrito, seguro...

—Eso pasa por elegir a la persona equivocada. Por enamorarte de quien no debes. Eso puede arruinarte la vida, ¿no? La historia se repite una y otra vez...

—Por eso, entre otras muchas cosas, ándate con cuidado con dónde te metes o dónde quieres meterla.

—Pero qué burro eres, José, que no es eso, joder, que para meterla hay muchas posibilidades; para amar de verdad, muy pocas.

—Ya, ya, ahí tienes a tu amigo Campanas, ya te digo, con la mierda hasta el cuello. Bueno, más que eso, hundido de lleno en ella. ¡Qué bonito es el amor!, ¿no? Seguro que ese pobre estará pensando eso. En fin, que me voy, que no me entretengas más. Ya te diré si me encuentro con el lobo de nuestra Caperucita.

—Si hay algo llámame, te lo suplico.

—No, que eres capaz de hacer cualquier gilipollez.

—De verdad que no, bastantes he hecho ya. Tú llámame y así me quedo tranquilo. Tengo la corazonada de que todo va a salir bien.

—¡Dios te oiga, Damián! Venga, un abrazo que me voy. No me entretengas más, joder.

Se despidieron con un fuerte achuchón y unas rotundas palmadas en la espalda. Nunca eran demasiado efusivos, pero se querían de verdad, y ese abrazo les supo a gloria, los dos lo necesitaban.

16

José, finalmente, consiguió convencer a su hija Carmen para irse a Francia. Las pequeñas, además, estaban felices, encantadas por eso de ir a «La Casa de los Lobos» con el abuelo, aunque el viaje sería largo, tenían más de siete horas por delante hasta Orlu.

El miércoles 11 de noviembre viajaron a Francia. Cruzaron la frontera por Puigcerdá sin problemas ni esperas, el país vecino aún no había suspendido los acuerdos Schengen por la amenaza yihadista y la llegada de los antisistema ante la Cumbre del Clima que se iba a celebrar en París. Durante un mes, del 13 de noviembre al 13 de diciembre, se cerrarían las fronteras; se iban a restablecer los controles de pasaportes en todos los pasos, lo que sería un lío con tantos camiones y coches yendo y viniendo. La medida podría ser una molestia también para él, se había ahorrado todo el papeleo necesario para portar el arma fuera del territorio español.

Llegaron a Orlu por la tarde y, en vez de quedarse en algún hotelito del pueblo, alquilaron un confortable bungaló en un camping muy cercano a La Maison des Loups y pasaron la noche en mitad del bosque, oyendo aullar a los lobos.

Al día siguiente, las niñas se despertaron muy temprano, impacientes por vivir su aventura; también José estaba ansioso por poner en marcha la suya.

La Maison des Loups era un gigantesco parque natural en un estrecho valle, casi un cañón, en plena naturaleza, donde se podía ver a los lobos en semilibertad. El entorno era magnífico, aún más en esa época del año, lleno de generosos torrentes que bajaban con fuerza entre rocas cubiertas de esponjoso musgo. Las enredaderas, los helechos y las hojas caídas lo cubrían todo, troncos, senderos y piedras. Y toda aquella belleza solo para ellos y unos cuantos visitantes más, pocos, ya que en esas fechas iba mucha menos gente, y el parque abría solo de once de la mañana a cinco de la tarde.

El día era espléndido, incluso hacía un poco de calor. Siguieron las huellas de los lobos por la senda, que les fue llevando por las diferentes zonas donde ver de cerca lobos de Europa, de la tundra, del Ártico, de Canadá. Demasiados lobos para José, que andaba ya más pendiente de encontrar a su propia alimaña. Casi al final de la vereda, un par de horas después, llegaron a una magnífica zona de juegos y tirolinas que, junto a la granja, fue lo que más gustó a las pequeñas. Las nietas de José tenían siete y diez años, estaban en esa edad en la que realmente se goza de esas cosas. Jugaron en todos los cacharros y acariciaron a todos los animalillos, a todos los conejos que consiguieron coger en brazos, montaron emocionadas en burro y en poni, corrieron como locas tras las gallinas, los patos, los cerditos y las cabras. Lo pasaron genial, aunque ni rastro del barbudo.

José casi había tirado la toalla, su hombre podía haber librado ese día, pensaba, justo cuando lo vio: estaba en la alameda que ya conducía a la salida junto a otro trabajador, trasteando con unas mangueras junto a unas carretillas cargadas de arena. Le pidió a su hija que estuviera pendiente de las niñas un momento y se acercó a ellos intentando encontrar alguna pregunta coherente que hacerles.

—Perdonen que les moleste —se dirigió a ellos intencionadamente en español—, ¿podrían decirme a qué hora dan de comer a los lobos?, a las peques les encantaría verlo.

El chaval francés miró al otro como diciéndole «Responde tú que yo no me entero». Entonces el fugitivo lo miró.

—En otoño esta actividad se hace solo a última hora —le contestó con cierta desgana y con un suave e inconfundible acento catalán—. Aunque le aconsejo que pregunte en recepción.

José supo de inmediato que era el tipo de las fotografías, aunque había descuidado lo suficiente su aspecto como para que resultara complicado reconocerlo. En las fotos oficiales aparecía con el pelo muy corto y bien rasurado, vestido de uniforme, muy erguido, apuesto, sonriente y marcial. Ahora parecía un melancólico y desaliñado *hippy*, con el pelo largo y enredado, vestido con un mono color arena, y suficiente barba como para encubrir sus facciones. Además llevaba puestas unas gafas de sol redondas, tipo John Lennon, que remataban perfectamente su disfraz.

Su compañero agregó muy gentil y en pésimo castellano algo así como «No se lo pierdan, que a las niñas les gustará». José les dio las gracias y mientras ellos seguían con lo que estaban haciendo él regresó junto a Carmen y las niñas, sin levantar la más mínima sospecha en el prófugo.

—Vámonos, las niñas están ya cansadas, y lo de dar de comer a los lobos me han dicho que es a última hora

—le dijo a su hija, en voz más alta de lo normal para que lo oyera Roura.

La caminata les había abierto el apetito y fueron a almorzar al restaurante del parque, que precisamente se llamaba Une Faim de Loup, «Un hambre de lobo». Allí tomaron unas deliciosas «Burger'loup», la especialidad de la casa, y, después de unos helados de vainilla y unos cafés, se fueron completamente contentos y satisfechos con la experiencia, sobre todo las peques. La mañana no podía haber sido más productiva para José, ni más entretenida para sus nietas. Había dado con ese cabrón y no lo dejaría escapar.

A la mañana siguiente, llegó un compañero de José desde Madrid para llevarse de regreso a su familia en otro coche. Las niñas tuvieron un buen disgusto al enterarse de que el abuelo no las acompañaría, pero José les contó una historia para convencerlas.

—Resulta que uno de los lobos del parque, uno que se ha vuelto malo, malísimo, tiene planeado hacer daño a los animales de la granja, quiere comerse a unos cuantos conejos y a unos cervatillos, eso como poco; y, como yo soy policía y tengo mi pistola, me han pedido que me encargue de poner en su sitio a ese lobo feroz.

Les contó todo aquello con gran misterio y grandilocuencia, y acabaron convencidas, muertas de risa y también un poco desconcertadas.

—Pero ¿vas a matar a ese lobo malo? —le preguntó la más pequeña, muy preocupada.

—Seguramente no será necesario —respondió él en plan *Harry el Sucio*—, solo le daré una lección.

Así las niñas se quedaron más tranquilas.

Se despidió de las tres besuqueándolas y abrazándolas una y otra vez y luego las vio partir con tristeza.

Había llegado la hora de actuar. Decidió que el mejor momento para regresar a La Maison des Loups sería a última hora, poco antes de que cerraran. Esperaría discretamente a que saliera Roura e iría a por él.

Estuvo también dando muchas vueltas a la conveniencia o no de comunicar ya sus planes a la policía francesa. Legalmente, la detención de aquel tipo tendría que hacerse de forma conjunta. Si lo hacía se aseguraba el apoyo de algunos gendarmes y su colaboración podía asegurar la captura. Por otra parte, temía que el movimiento policial, si no se hacía con la suficiente discreción, pudiera alertar a su presa.

Lo mejor sería trincarlo, meterlo en el coche y llevarlo a España, y nada más cruzar la frontera detenerlo, pero usar su pistola en territorio francés podía acarrearle consecuencias, ya que no había comunicado de forma reglamentaria que iba armado. Al final decidió que avisaría a sus colegas pero poco antes de intervenir. Les pondría al tanto de sus intenciones en el último momento, quería detenerlo él personalmente. En solitario actuaría con mucho más sigilo y cautela.

El camping quedaba a unos cuatro kilómetros de la reserva natural, se tardaba pocos minutos en llegar. Sobre las cuatro y cuarto de la tarde, arrancó el coche y subió por la estrecha carretera muy despacio. Aparcó en una de las plazas del parking más cercanas al acceso, desde donde podía observar bien quién entraba o salía, sin llamar la atención.

Desde allí telefoneó a su contacto en la gendarmería francesa y le explicó lo que pretendía hacer, este le prometió que le darían apoyo pero con absoluta discreción. Esperarían su llamada. Un par de coches y algunos de sus hombres se pondrían en marcha en cuanto él lo solicitara.

Esperó más de una hora dentro del coche, vio cómo salían los últimos visitantes y algunos trabajadores, pero ni rastro de su hombre. Decidió acercarse a la recepción y allí se identificó como policía y preguntó por el tipo al que buscaba. El recepcionista lo llevó a un pequeño despacho y allí le contó lo que sabía de él.

—Se llama Guillem Roura. —Ni siquiera se había molestado en dar una identidad falsa el muy cabrón, pensó José—. Es un empleado temporal de mantenimiento, español, y está aquí desde hace poco más de un mes.

—¿Han tenido algún problema con él? —preguntó José.

—No, en absoluto, trabaja duro.

—¿Hasta cuándo tiene contrato?

—Hasta mediados de diciembre, aunque, si hace falta, los trabajadores se quedan un poco más, el parque cierra pero algunos siguen trabajando hasta la Navidad haciendo tareas de cara al invierno aunque no haya visitantes. Siempre hay que cuidar de los lobos, todo el año —le explicó el hombre. Luego se levantó y miró en un cuadrante pegado en la pared—. Vaya, libra precisamente hoy. —Al ver el gesto de sorpresa y contrariedad de José, añadió—: Pero seguramente no será complicado encontrarle, vive cerca de aquí, en el camping, la empresa tiene alquiladas varias cabañas para los trabajadores que quieran residir allí, está cerca y es económico.

José no lo podía creer, se quedó estupefacto. Dio las gracias a aquel tipo y salió zumbando para el camping. ¿Cómo imaginar que a lo mejor lo tenía de vecino en el bungaló de al lado? En cualquier caso, cerca, demasiado cerca, ¡qué locura!

Nada más llegar al camping se acercó a la recepción en busca del dueño, un hombre mayor, muy simpático, de pelo cano y maneras exquisitas, que llevaba el negocio junto a su mujer y dos de sus hijos. Miraba la televisión con mucha atención, con cierta alarma. Algo muy grave estaba pasando en París, le dijo, un ataque terrorista durante un partido de fútbol, un amistoso entre Francia y Alemania. Lo estaba viendo en France 24 y contaban que se habían oído varias explosiones. Hasta habían evacuado al presidente Hollande en helicóptero. Algunos medios hablaban de tiroteos en varias calles del centro, de muchos muertos y heridos, podría tratarse de yihadistas, le dijo muy alarmado, realmente conmocionado, parece que tienen rehenes en una discoteca pero no está nada claro.

José atendió algo aturdido aquel escueto resumen de la noticia y a lo que decían en la tele. Era muy inquietante pero aún lo era más saber que tenía tan cerca a su presa, no podía perder tiempo en ese momento. Luego se enteraría de qué pasaba realmente, pensó.

—¿Podría decirme en qué cabaña se aloja el señor Roura? —preguntó.

—Sí, claro, está en una de las cabañas de madera del fondo, la número 6, de las más cercanas al río, cerca de unos lavabos y de la zona de recarga y vaciado para autocaravanas —le explicó.

Allí dejó al hombre absorto en el precipitado relato de las últimas noticias. José se acercó un instante a su bungaló, allí dentro revisó el arma y la cargó lejos de cualquier posible mirada.

Intentó hablar por teléfono con su contacto en la

Gendarmería Nacional en Ax-les-Thermes, pero no hubo manera, parecía que las líneas estaban colapsadas, probablemente por el lío de los atentados en la capital francesa. Llamaría después de detenerlo, sería sencillo, no necesitaba ayuda ni había prisa.

Volvió a meter la pistola en su funda bajo el sobaco izquierdo y salió dispuesto a atrapar por fin a su adversario. Ya había anochecido y no se veía un alma. Una suave neblina que pronto se convertiría en niebla empezaba a extenderse por toda la zona, subiendo desde el arroyo, pegada al suelo, ocultando la hierba, inundando todo de una humedad que calaba la ropa y llegaba hasta los huesos. Sintió frío. Solo se oía el rumor de la corriente cercana y el canto tardío de algún pájaro nocturno.

José se aproximó a la cabaña sin hacer un solo ruido, había luz en el interior. Oculto tras el grueso tronco de un arce, intentó ver mejor dentro, pero tenía echados los visillos. La luz de un televisor encendido parpadeaba coloreando la estancia. Seguramente iba a pillarlo desprevenido por completo.

Se acercó aún más sigiloso a la puerta, ya pistola en mano, y llamó dando unos serenos golpes, sin causar alarma, sin avisar de sus intenciones.

—¿Sí? —preguntó el hombre desde dentro.

—¿Señor Roura? —dijo José, dándose cuenta de que podía ser una metedura de pata haberlo hecho en español.

Al poco, el tipo abrió con cierta cautela.

José dio una fuerte patada a la puerta mientras lo encañonaba apuntando directamente a su cara.

Guillem Roura se quedó de piedra al ver al abuelo empuñando el arma delante de sus narices; permaneció inmóvil, mirándole con un gesto indescriptible, posiblemente era lo último que esperaba.

—Haz cualquier tontería y te vuelo la cabeza —le amenazó José sin titubear, hablándole con firmeza pero sin elevar demasiado la voz—. Camina muy despacio hacia atrás, gírate lentamente, pon las manos contra la pared y abre las piernas, muy despacio. ¡Estás detenido!

El tipo obedeció aturdido, se dio la vuelta y puso las manos contra la madera de la cabaña.

José apoyó el cañón en su espalda mientras que con la mano izquierda fue cacheándole de arriba abajo, llevaba una camiseta y unos vaqueros, iba descalzo, no portaba arma alguna.

—Ahora pon las manos muy lentamente detrás de la nuca y arrodíllate —le ordenó mientras se separaba de él apenas un metro.

Sacó las esposas que llevaba colgadas del cinto y cambió el arma de mano sin dejar de apuntar a su presa.

Cuando ya se disponía a colocarle las esposas en las muñecas sucedió algo que José, tal vez, debería haber previsto, algo que hubiera evitado seguramente si lo hubiera obligado a tumbarse: Guillem lanzó un tremendo y certero cabezazo hacia atrás a la vez que, girándose con extrema habilidad, aprisionaba la cabeza del comisario entre sus piernas.

Apretó con fuerza y lo tiró en segundos, golpeándolo contra el suelo y estrangulándolo sin remedio. Era una técnica mortífera si se hacía correctamente: *sankaku jime*.

José perdió el arma y casi el sentido. Aquel tipo era fuerte, mucho más joven que él y un experto en artes marciales, en técnicas de defensa personal, sabía bien qué hacer en una situación como aquella. Y lo hizo. Se puso de pie y le soltó un fuerte puñetazo en la cara, luego pateó el estómago del comisario con saña, sin decir una sola palabra. José se retorció de dolor casi inconsciente.

Guillem tomó la pistola y le apuntó durante un instante, pareció que iba a disparar cuando cambió de idea y arrojó el arma sobre el sillón.

Salió afuera y enseguida regresó con un rastrillo, una horquilla de cuatro afiladas puntas. Agarró con fuerza el palo de la herramienta y la clavó sin vacilaciones en la garganta del comisario, sin pestañear, de forma certera. Le atravesó el cuello y el rastrillo quedó clavado en la tarima mientras la sangre manaba generosa y el cuerpo de José se estremecía en unos últimos y dramáticos estertores. Su agonía fue breve.

Roura abrió una cerveza, encendió un cigarrillo y se sentó a fumar mientras miraba impávido el cadáver del policía, su cuello destrozado, ensangrentado y ensartado en las púas. Apagó el pitillo y tiró del mango del rastrillo con tanta fuerza que levantó el cuerpo de José más de un palmo antes de liberarlo de la herramienta. Luego le puso una bolsa de basura en la cabeza y la cerró con fuerza alrededor del cuello; la bolsa de inmediato empezó a llenarse de sangre. Cogió el cuerpo de José por los tobillos y tiró de él dejando un reguero almagre oscuro, hasta sacarlo fuera, donde la espesa niebla hacía ya difícil ver más allá de un metro.

Lo arrastró con decisión por la hierba hasta la orilla del río, a pocos metros detrás de la cabaña. Dándole empujones con el pie lo hizo rodar por la pendiente de la orilla hasta que cayó al agua. El torrente bajaba con ímpetu, muy caudaloso, y la fuerte corriente no tardó en llevarse el cadáver de José Marín río abajo, hasta quién sabe dónde. Lanzó el rastrillo y la pistola también al agua, las dos armas se hundieron en la profunda poza y él regresó a la cabaña sin prisa.

Mientras todos estaban absortos en la televisión, impactados por las imágenes que iban ofreciendo de la masacre en París, Guillem limpió tranquilamente la entrada y el interior de la cabaña con agua y lejía, era consciente de que no borraría todas las huellas, pero tampoco le preocupaba demasiado. Desde que acabó con la vida de María Yeste, había dejado de ser quien era, o tal vez se convirtió en quien realmente había sido siempre.

Matar fue inquietante en muchos aspectos, pero también encontró en ello algo placentero, algo liberador. Sus crímenes le afectaron mucho menos de lo que esperaba, no sintió demasiados remordimientos. No se sintió exactamente arrepentido, lo único que le preocupaba era el hecho de poder acabar entre rejas, una detestable consecuencia que debía considerar e intentar evitar a toda costa. Sabría hacerlo.

Acabó de ordenar la estancia y dejó encima de la mesita de noche un sobre a nombre del señor Bolú, el propietario, con el importe que debía del alquiler además de una buena propina y una breve nota dándole las gracias por su amabilidad mientras estuvo allí alojado.

Metió sus pocas cosas en una mochila y en las maletas laterales de la moto y luego sacó su BMW 1200 R del cobertizo donde llevaba desde su llegada al camping: desde que estaba allí, casi todos los días se había apañado para ir y venir del trabajo con una bicicleta o con sus compañeros. Empujó la moto hasta la carretera pasando por delante de la recepción, donde el dueño seguía pendiente de la tele y no lo vio salir.

Se alejó así casi un kilómetro del recinto antes de poner en marcha el motor. Temió por un instante que no arrancara después de tanto tiempo parada, pero al apretar el botón de *start* la máquina ronroneó serena y redonda, nunca le había fallado ni dejado tirado. Se ajustó el casco, la braga, la chaqueta y los guantes y aceleró perdiéndose en la niebla, seguro de que sabría encontrar un nuevo lugar donde esconderse y poder vivir más o menos tranquilo.

Tal vez se iría muy lejos, al fin del mundo, o regresaría a su tierra para perderse en algún lugar, posiblemente en los bosques del Ampurdán.

17

Fuera llovía a mares y el olor a tierra mojada le recordó a Damián sus días de infancia, el patio de la inclusa donde pasaban tantas horas jugando y trasteando. Experimentó una extraña melancolía.

Se sirvió un whisky y decidió mirar una vez más algunas fotografías de Patricia en el ordenador. Saber que aquel inmenso deseo de amar no llegaría a nada era una idea insufrible, inevitable. Al igual que era irremediable y torturante no poder dejar de pensar en ella. Nunca en su vida había sentido una frustración tan inmensa, tan poco manejable. Lamentaba no saber, no poder hacer nada.

No era de llanto fácil y, sin embargo, desde que la conoció, lloraba muy a su pesar, cuando menos lo esperaba. Había tenido algunas desilusiones amorosas a lo largo de su vida, escasas, tibias y pasajeras; pero siempre supo torearlas, no prestarles demasiada atención.

En cambio, aquel naufragio lo asfixiaba, literalmente. No comprendía cómo podía ser que ahora estuviera siempre en las nubes, perdido en esos pensamientos románticos que antes detestaba. Aborrecía verse así, sumergido en uno de los momentos más bajos y arduos de su vida, que a veces le parecía un fragmento de la vida de otro.

Todo era irreal y estúpido. El único alivio se lo proporcionaba el alcohol —un triste desahogo— y admirar el radiante recuerdo de Patricia en la pantalla del ordenador.

Solo podría compartir su sufrimiento con José; decidió que hablaría con él de nuevo cuando detuviera finalmente a Guillem Roura, y eso, estaba convencido, sería pronto.

En ese momento, el móvil empezó a sonar: le llamaban desde la BPI.

Un dolor, dicen, apaga otro dolor, pero enterarse de la muerte de su buen amigo José solo sumó sufrimiento a su sufrimiento. El compañero que lo llamó le contó que llevaba dos días muerto cuando encontraron el cadáver, no muy lejos del lugar donde lo asesinaron, en una pequeña represa, una especie de dársena, a las afueras de Orlu. Estaba muy claro que había sido Roura, porque había vuelto a desaparecer.

Cuando colgó el teléfono, quedó tan impactado que ni siguiera supo qué hacer. Todo le pareció irreal, inexplicable. ¿Cómo demonios podía haberse dejado matar así? ¿Por qué no voló la cabeza a ese hijo de puta nada más verlo?

Siguió ahí sentado mirando a los ojos a su amada, completamente inmóvil, incrédulo, apagado, mientras las lágrimas recorrían su rostro bajando lentas, generosas, inútiles. Un dolor áspero y seco le recorrió el cuerpo punzándole el alma. Sintió un inmenso deseo de abrazar a Patricia, de llorar ceñido a ella, recogido entre sus brazos, de sentir su mano acariciándole el rostro, de oír su voz pronunciando unos dulces susurros de consuelo. Nada más.

Pero no, no habría consuelo, no habría brazos ni manos, no habría voz. Damián no tenía a nadie, absolutamente a nadie, y eso a veces pesaba. Ya ni siquiera al bueno de José. Quiso desvanecerse en ese instante, desaparecer en la oscuridad convertido en bruma. Miró las ventanas empañadas de su triste apartamento sollozando como un niño que hubiera descubierto que el llanto no sirve de nada en mitad de la verdadera desgracia. Bebió hasta embriagarse, lo suficiente para quedar amodorrado, para poder dormir un rato. Buscaría la forma de afrontarlo todo con dignidad al día siguiente.

Lo primero que hizo nada más levantarse fue ir a por el alta médica, no habría escusas, sí o sí. Ya estaba mucho mejor, las heridas cicatrizaban convenientemente y el dolor era más soportable, más intermitente. Podía mover el brazo hasta límites razonables sin sufrir, ya no necesitaba tanto vendaje ni el cabestrillo.

El médico comprendió que no aceptaría un no por respuesta. Aunque en su opinión hubiera sido mejor una semana más al menos de inmovilidad y reposo, le extendió el alta para que pudiera incorporarse de inmediato a su trabajo. Después Damián quiso ir a ver a las hijas de José. Sus restos llegarían por la tarde al tanatorio de la M-30. A la mañana siguiente lo incinerarían.

Para las hijas de José, Damián era uno más de la familia. Le tenían un enorme aprecio, y al verlo se abrazaron a él llenas de amargura, de rabia, de un dolor infinito. Poco se podía hacer por aliviarlo. Dos o tres veces le fallaron las fuerzas, pero supo resistir e intentar darles consuelo. Carmen, la mayor, estaba en estado de *shock*, no podía evitar sentirse responsable de algún modo, por haberle acompañado, por haber alentado esa loca idea que le había costado la vida a su padre. No había consuelo posible.

José había muerto en el peor momento, también desde un punto de vista policial, con Francia y toda Europa en plena conmoción por los salvajes atentados que en París habían costado la vida a ciento veintiocho personas. Las fronteras estaban cerradas y eso podría ayudar a capturar a ese cerdo de Roura, pero a la vez todas las fuerzas estaban ocupadas en atrapar a los terroristas. Todos los agentes, en Francia, en España, en Bélgica, en Gran Bretaña, en todos los rincones del continente, estaban movilizados pero con esa función, en máxima alerta para dar con los criminales y proteger a los ciudadanos. El extraño asesinato del policía español resultaba insignificante en ese momento, de forma inevitable.

No obstante, Damián, el comisario Amargo y otros dos inspectores se desplazaron al país vecino para investigar de primera mano y ver si podían sacar algunas conclusiones. Estarían prácticamente solos en eso, solo una pareja de gendarmes y un par de agentes de paisano los acompañaron al lugar de los hechos para prestarles toda la colaboración posible, que no podría ser mucha. Medio planeta había enloquecido, se había paralizado y sería complicado sacar aquello adelante en ese momento, habría que esperar a que las aguas se calmaran para poder contar con medios y agentes. Si es que se calmaban. No podían perder el tiempo en eso mientras la República se venía abajo y declaraba la guerra a los yihadistas.

Damián estaba convencido de que Roura no estaría demasiado lejos. Si se había enterado de lo sucedido en París y de cuál era la situación, del pánico y la alarma absoluta, evitaría moverse. Era policía, sabía de qué iba el asunto. En moto tenía muchas más posibilidades de desplazarse rápidamente, incluso de meterse por caminos bastante inaccesibles, pero seguramente habría buscado ya otro escondite. Esperaría.

En cierto modo, Damián se equivocaba. El cabo actuó con cautela pero no la suficiente. Era hábil, sabía que había que salir de Francia cuanto antes, e improvisó un plan que pensaba llevar a cabo en cualquier caso. Recorrió muchos kilómetros por algunas de las carreteras de montaña que serpenteaban por los Pirineos Orientales, por las más perdidas, hasta llegar a Ur, una pequeña localidad francesa que casi linda con España. Allí no había puestos fronterizos, no había barreras, resultaría fácil pasar al otro lado de la frontera por carretera, incluso por algún camino rural. Eso pensó. Su intención era llegar a Puigcerdá para desde allí volver al territorio que conocía bien, en Gerona, en los recónditos montes de la Garrocha o el Alto Ampurdán, allí podría esconderse un tiempo hasta decidir cuál sería su siguiente paso.

Pero Guillem no contaba con la paranoia que los

atentados de París habían desatado, ni con el empeño de las fuerzas de seguridad de los dos países por evitar que alguno de los terroristas huidos pudiera salir de Francia y colarse en España. Cuando ya imaginaba que había conseguido su objetivo se topó de frente con un control de la gendarmería francesa y tomó la peor decisión: acelerar a tope e intentar escapar.

Los policías tenían orden de no andarse con remilgos y tirar a matar, y eso hicieron.

Guillem Roura fue abatido a tiros y murió en el acto. No llegó a bajarse de la moto: cuando se estrelló fuera de la carretera, ya estaba inerte, ya era un cadáver. Al enterarse de la noticia, los policías españoles respiraron más tranquilos, incluso se alegraron, era inevitable: la muerte de su compañero estaba aún demasiado fresca.

Así que el caso Campanas jamás quedaría del todo claro. Con Ramiro en libertad pero maltrecho de por vida y con el presunto asesino muerto, todo serían presunciones, suposiciones.

No había suficientes pruebas; al menos, ninguna concluyente que pudiera exculpar al presentador o que acusara a aquel tipo de forma inequívoca. Era triste. Las cosas estaban como estaban, no se podía decir que hubieran acabado bien. Sería un caso inolvidable pero digno de olvidar. Como casi todos, tarde o temprano, caería en el olvido. Que aquellas necias circunstancias hubieran costado la vida a su buen amigo derrumbó aún más a Damián. Todo le pareció tan estúpido e intrascendente que sintió náuseas.

Tiempo después se elaboró un informe definitivo con las conclusiones del caso Campanas, un documento que resumía una vez más los ya escuetos y extraños hechos y detallaba las pocas evidencias.

El informe del caso concluía que estaba probado que Ramiro Campanas pasó la madrugada del 30 de septiembre al 1 de octubre en el domicilio de su amante, María Yeste Collado, en la calle Sodio número 15, en Madrid. Debió de llegar con ella a su casa a media tarde, entre las 18 o las 19 horas. Declaró que habían pasado toda la tarde noche en la cama retozando desnudos y haciendo el amor. Bebieron alcohol y fumaron marihuana. Poco antes de la una de la madrugada, según su declaración, salió en su escúter a buscar algo de comer y tabaco.

Dio muchas vueltas, demasiadas, a lo que alegó que no terminaba de decidir qué llevar y que encontró algunos negocios cerrados a esa hora. Sobre la una y veinte decidió parar a comprar unos bocadillos en el bar Diamante, en Atocha, algo que probaban unas cuantas fotografías que se hizo con los camareros del local y el ticket de compra que apareció en el apartamento dentro de una bolsa grasienta.

Regresó sobre las dos menos veinte, y fue entonces, según su confesión, cuando encontró el cuerpo sin vida de la joven. Según los forenses, la chica murió pocos minutos después de la una. Algo no cuadraba en su declaración, o su percepción del tiempo era errónea o mentía. Según esos plazos, el asesino apenas había tenido tiempo de llevar a cabo su crimen. Concluían que, nada más salir Ramiro del apartamento, debió de aparecer en escena el cabo Guillem Roura, que muy posiblemente esperaba oculto el momento. Presuntamente mató a la joven tras mantener una acalorada discusión con ella. Los vecinos declararon haber oído cierto escándalo, movimiento de muebles y algunos gritos, a la una o poco antes de la una. Era probable que todo hubiera sucedido de forma tan precipitada. El asesino golpeó a la chica en la cabeza, fue un único y certero golpe en la sien propinado con fuerza y mortal de necesidad, nunca se supo con qué.

El forense declaró que la mujer debía de estar a los pies del lecho cuando recibió el impacto y debió de caer sobre él. El asesino movió el cuerpo de María Yeste después, tal vez para comprobar si aún tenía vida. Posiblemente le entraran el pánico y las prisas por salir de allí, así que lo dejó medio caído, con la cabeza y los hombros en el suelo y las piernas aún sobre la parte izquierda del colchón. Probablemente fue entonces, al salir, cuando hizo la llamada anónima a la policía desde una cabina. La segunda llamada, al 112, fue la que hizo Ramiro Campanas dos minutos antes de las dos de la madrugada. Declaró que entró en *shock*, que no le impidió reaccionar con celeridad; de hecho, aseguraba no recordar nada con claridad desde el preciso instante en que descubrió el cadáver, ni siquiera haber hecho esa llamada al 112 que luego fue desviada al 091.

En cualquier caso, el arma homicida no había aparecido, debió de ser un objeto contundente, posiblemente metálico y de forma cuadrangular, podía tratarse de un cenicero grueso, una cámara de fotos, el pie de una lámpara, un martillo, era difícil determinarlo. El golpe le partió el cráneo a María Yeste y dañó la masa encefálica.

Todos los fluidos y restos orgánicos encontrados en el cuerpo de la víctima pertenecían a Ramiro Campanas. Todas las evidencias apuntaban a su autoría hasta la aparición de las fotografías comprometedoras, hasta descubrirse la confabulación para el chantaje urdida presuntamente entre la fallecida y su ex pareja.

Parecía probado que los dos participaron en esa idea, que ese era su objetivo. Después de hacer con antelación, alevosía y premeditación las fotos para extorsionar a Ramiro, o no encontraron el momento o no se pusieron de acuerdo. Guillem Roura mató a su cómplice, a María Yeste Collado, posiblemente al comprobar que no se decidía o no se atrevía a consumar sus planes. La ejecutó de forma deliberada y despiadada. La breve existencia de aquella joven quedó truncada de una u otra forma.

Los dos sospechosos habían acabado mal. Ramiro Campanas libre pero condenado de por vida. La mitad derecha de su cuerpo había quedado completamente paralizada y la otra, muy afectada. Quedó hemipléjico, su cerebro dejó de controlar sus movimientos, sus razonamientos, sus sentimientos, apenas podía hablar, tampoco leer o escribir, además sufría terribles dolores o sensaciones muy desagradables, especialmente ardores y picores en la cara que por supuesto él mismo no podía aliviar. Tendría que someterse a una agotadora e infructuosa rehabilitación de por vida.

La libertad sería la peor prisión. Y la redención tampoco llegó, nada ni nadie consiguió compensarle por la humillación y el escarnio, librarle de todas sus fatales consecuencias. Después de sobrevivir al infarto cerebral provocado por aquella atroz y extravagante pesadilla, nunca volvió a ver a su mujer ni a sus hijas.

La esposa se ocupó de pagar todos los gastos de su hospitalización y los de la residencia en la que estaría preso para siempre, dado su grado de dependencia y que nadie quisiera hacerse cargo de él. Todos le dieron la espalda de un modo u otro. La existencia de Ramiro Campanas quedó convertida en el peor de los infiernos. Tendría toda una eternidad de horas, minutos y segundos para arrepentirse de sus despropósitos, para darle una y mil vueltas a aquella fatalidad, a todos sus errores, a su inmensa desgracia; para sentirse culpable y maldito.

El inmenso revuelo mediático y social que provocó su detención y su entrada en prisión por su supuesto crimen, y por las circunstancias aberrantes que lo rodeaban, quedó en nada cuando al fin lo declararon inocente y el juez decretó su puesta en libertad. Fue noticia, por supuesto, y ocupó algunos titulares, algunas columnas en los periódicos, también se coló en los informativos de radio y televisión, pero todo de forma breve. No hubo portadas ni aperturas. Todo quedó resuelto en pocos minutos, en pocas líneas, en unas cuantas imágenes, pocas, ya que no había mucho que mostrar, las cámaras ya no podían captar gran cosa: un pobre parapléjico encerrado en una institución, un par de cadáveres entrando en los furgones de la morgue.

El triste y tedioso desenlace del caso Campanas sobre todo encontró espacio en los peores programas y revistas del corazón. Poco más; y súbito quedó relegado.

La prensa y su público son así, olvidan pronto, pronto pasan de una cosa a otra, hay demasiadas noticias y muy pocas de la magnitud de la que en esos días lo acaparaba todo: la atención informativa se la llevaron los ataques de París, la amenaza yihadista y sus macabras consecuencias, la busca y captura de los asesinos, la cacería por Europa. Lo sucedido en las terrazas parisinas y en la sala Bataclan, toda esa sangre derramada en vano, había desatado la locura, el pánico, y una insaciable psicosis por el temor a nuevos tiroteos y atentados suicidas. Eso era lo único que importaba en esos días. Así es el negocio de contar lo que sucede y así es el ser humano.

Para Ramiro Campanas nunca llegarían el consuelo y el resarcimiento que probablemente merecía. En cierto modo estaba tan muerto como su supuesto asesino, como su fatídica amante, como la única persona que desde el principio creyó en su inocencia, ese policía que falleció en su empeño por demostrarlo.

Y, posiblemente, su muerte en vida era peor que la peor muerte.

18

La vida se abrió paso, sin prisa, sin remedio. Como siempre. La de Damián siguió su curso, con poco más y mucho menos. Más o menos como siempre recordaba.

Tras incorporarse de nuevo al trabajo en la BPI, después de pasar unas semanas trabajando de puertas adentro, en la oficina, ocupado en papeleos, estadísticas y burocracias, que era lo que más detestaba, pudo empezar a salir a la calle, que era ya su único aliciente. Patrullar, vigilar, dar vueltas por ahí, perseguir, detener, enjaular. Lo de siempre.

Algunas noches, cuando recuperó la fuerza y la movilidad en el brazo y en la mano, siguió bajando a la Sala Olvido a tomar unas copas y a tocar algo de blues con Óscar y Alfonso. Ellos, la música y la guitarra eran una fabulosa válvula de escape; mientras estaba ocupado en las seis cuerdas, en los compases y en los acordes no pensaba en otra cosa, aunque cada vez que levantaba la cabeza y miraba hacia la gente sentada en la sala, la imaginara allí, mirándole, esperando a que acabara la actuación. Un bello sueño.

Salvo José, nadie sabía nada de su pasión por aquella mujer. Aquello hacía más dolorosa y absurda la situación. Le avergonzaba esa historia, no se atrevía a mencionarlo siquiera.

No, no había olvido. Al menos por el momento. El único Olvido que existía en la vida de Damián era ese bar, donde, gracias a la música, apaciguaba su desesperanza.

Así pasó el tiempo hasta que llegó la Navidad. Al ser huérfano, Óscar y Alfonso (ahora que José ya no estaba) eran, literalmente, su verdadera familia. Pero durante esos días tanto el uno como el otro tenían compromisos familiares que atender.

Por eso, entre otras cosas, siempre se apuntaba a trabajar en esas fechas en que todos quieren librar para estar con los suyos. Era extraño no tener familia en un mundo en el que casi todos la tienen. Pasó la tarde noche del 24 y toda la tarde del 25 de servicio, dando vueltas y vueltas por las calles junto a un buen compañero, en un coche de la secreta, haciendo labores de seguridad ciudadana. Mucho después del anochecer, llegó a casa rendido, deseando meterse en la cama unas horas.

Justo estaba acostándose cuando sonó el teléfono, un número oculto, a punto estuvo de no contestar. Rogó que no se tratara de algún suceso importante, el nivel de alerta era aún elevado, 4 de 5, todo seguía muy revuelto por los atentados de París.

Al final cogió el teléfono.

—¿Quién es? —preguntó con voz cansada.

—¿Damián? —Nunca su nombre sonó tan dulce. Solo dijo eso y esperó.

Cuando oyó su voz al otro lado se sintió desvanecer, desfallecer. Se tumbó en la cama dichoso, desconcertado, conmocionado. Desde que perdiera el sentido mientras se desangraba en aquel coche en Marruecos, no había vuelto a oír su voz ni deseado otra cosa.

—Hola. —Fue lo único que él acertó a decir, nada más.

Después hubo un largo silencio, los dos tomaron aliento antes de hablar de nuevo a la vez y rieron parcamente por la mutua torpeza.

—Perdona. Siento no haberte llamado antes, no sabía cómo hacerlo, no me atrevía. —Las palabras salieron con cierta precipitación, como solía hacer, con aquel raro tono de voz que él adoraba.

—No te preocupes, lo entiendo —mintió Damián.

—Quería hacerlo, de verdad. Tengo tantas cosas

que decirte..., tanto que contarte..., tanto que agradecerte... ¿Cómo estás? —le preguntó.

—Bien, todo va bien. —Volvió a mentir.

—¿Ya estás recuperado del todo? Me contaron que estuviste muy mal, al borde de la muerte...

—Exageraron un poco los que te lo contaron.

—No te creo, ¿cómo estás? —insistió ella con impaciencia.

—Bien, ya te digo. Acabo de llegar del trabajo; como ves, todo ha vuelto a su cauce, a la rutina. Estoy bien, casi curado del todo.

—¡Cuánto me alegro! Te he echado de menos, ¿sabes? —le dijo como queriendo evitar decirlo.

Damián se sintió absolutamente abrumado, debía de haberse quedado dormido y se trataba de un sueño, uno más; él soñaba cosas así, reencuentros, los imaginaba en la oscuridad de cada noche al acostarse.

—Yo sí que te echo de menos —se atrevió a contestar—, no imaginas cuánto.

—Siento que todo acabara así, siento todo lo que pasó, siento no haberte tratado mejor, no haberte sabido apreciar, no haberte hecho caso cuando tuve que hacerlo, lo siento todo, todo, de verdad...

—Nada de eso importa ya, lo importante es que tú estás bien, ¿no?, ¿lo estás?

—Sí. Aunque aún siento ansiedad y me estremece pensar en todo aquello. Pero estoy bien. Lo mío no es comparable a lo tuyo, pero también me he recuperado.

—Lo tuyo fue peor, el miedo debió de ser terrible... Perdona, pero es mejor no hablar de eso...

—Sigue pareciéndome todo mentira, una pesadilla de esas de las que no te puedes desprender, de las que dejan mal cuerpo al despertar. Pero sí, mejor no hablar ahora de ello.

—¿Sigues en Suiza?

—No, estoy en Donosti, hemos venido a pasar las Navidades aquí con la familia, no me está viniendo mal estar rodeada de tanta gente y tan querida. Desde que salí de Marrakech, prácticamente solo he estado con mis padres. También he pasado muchas horas sola, lo necesitaba. Estar todo este tiempo en la montaña me ha sentado bien, pero quiero regresar ya a la rutina, a la normalidad, en la medida de lo posible.

—Sí, tienes que dejar todo eso atrás, retomar tu vida, eso ya pasó y no volverá a suceder. Fue todo tan extraño...; uno nunca imagina llegar a verse metido en una historia así...

—Sí, es increíble, lo que te decía, aún no me lo creo. ¿Sabes?, me gustaría verte...

—No hay nada en el mundo que yo desee más que eso.

—Voy a pasar el Fin de Año en Madrid, ¿tienes planes?

Aquella conversación superaba cualquier ensueño, cualquier expectativa, cualquier deseo de Damián.

—No, ninguno, de hecho tenía pensado pasar las fiestas trabajando; ya sabes, liberar a algún compañero durante esa noche.

—Yo tampoco tengo planes, pensaba quedarme en casa, no me apetece nada el jolgorio de la Nochevieja, no me apetece nada el rollo cotillón. Prepararé algo rico, una cenita ligera y especial, luego una buena peli y poco más, ¡la felicidad!

—¡Ese sí que es un buen plan!

—¿Te apetece cenar conmigo? ¡Te invito!

—Debo de estar soñando...

—¡No seas tonto! Dime, ¿te apetece?

—¿Cómo no me va a apetecer? Yo...

—¿Tú...?

—Esto de que tú me invites a cenar en Nochevieja es lo mejor que me ha pasado en la vida —le dijo con absoluta sinceridad, realmente lo era.

—¡Qué exagerado eres! —Ella rio ante lo que le pareció una simple ocurrencia, un cumplido.

—Lo malo es que no exagero. —Él también se rio.

—Entonces, ¿despedimos este mal año juntos?

—Claro, ¡por favor! Es fantástico, es lo mejor, la mejor idea, pero nada de mal año: creo que ahora que se acaba empieza a ser el mejor que recuerdo.

Ella se volvió a reír por su contenida y amorosa galantería.

—Llegaré a Madrid el día 29, el martes por la noche, nos llamamos el miércoles 30 y quedamos en firme. ¿Te parece?

—Me parece perfecto. Tenemos mucho que contarnos, mucho de qué hablar.

—Sí, pero mucho, mucho. Creo que haré una lista con las mil preguntas que tengo que hacerte —añadió ella bromeando de forma encantadora—. ¿Te encargas tú de la peli o elijo yo?

—Elije tú, seguro que aciertas. Aunque no sé si seré capaz de mirar otra cosa que no sea a ti —le soltó atrevido, luchando por vencer su maldita timidez.

—Yo también estoy deseando verte —le respondió ella cambiando el tono, lijando un poco aquel arrebato de romanticismo, algo habitual en ella.

—Entonces hablamos el día 30, seguro, ¿eh?

—Un beso, Damián.

—Un beso.

Colgó el teléfono aturdido, incrédulo, incluso asustado, pero rebosante de dicha. Papá Noel le había traído el mejor regalo, el más inesperado y deseado.

No volvieron a hablar en los días previos a su cita, ni siquiera a cruzar unos mensajes a través del teléfono.

De hecho él no tenía su nuevo número, con la emoción no recordó pedírselo. Un gran error, pensó. Si ella no llamaba todo quedaría en nada. Sintió un extraño vacío en el estómago al imaginarlo. Pero llamaría, lo haría.

En Madrid el tiempo se puso muy desapacible, hacía mucho frío, incluso se vieron los primeros copos del invierno en la capital. La nieve empezó a caer con fuerza y pronto dio a la ciudad otro aspecto, la embelleció, la ocultó, la acalló con su blanca sordina. La nevada, los adornos brillantes, las lucecitas, todo el ambiente navideño le oprimía, le pesaba, le enternecía.

Llegó el día 30 y la espera de esa llamada se hizo eterna, agónica. Aguardó todo el día, mirando el móvil a cada minuto, sin soltarlo de la mano aunque estuviera de servicio. Llamaría enseguida, se decía, seguro. Llamaría por la tarde, después de la siesta. Llamaría por la noche, estaría liada. «Llamará, seguramente. Llamará.» Pero el teléfono no llegó a sonar. No llamó.

Llegó a casa abatido, inquieto, entristecido; pero, a la vez, también irritado, decepcionado. Estuvo un rato tonteando con la guitarra y luego se metió en la cama, lo mejor sería dormir. Tenía tres días libres por delante para esperar, para pensar, para lamentarse incluso. No tardó en dormirse.

El último día del año amaneció gélido, gris y blanco. Lo primero que hizo nada más despertar fue echar un ojo al teléfono, por si no lo había oído: nada.

«En fin, seguro que se habrá olvidado; tendrá cosas más "importantes" que hacer», pensó con irónica amargura. Pero ¿y si le hubiera pasado algo? No podía ser, bastante había tenido ya, la vida no iba a ser tan miserable de elegirla de nuevo a ella.

Debatiéndose entre el enfado y la preocupación, se metió en la ducha, y estuvo un buen rato bajo el chorro de agua ardiente. Justo en ese rato sonó el teléfono dos veces, pero él no pudo oírlo.

Cuando vio las llamadas perdidas le dio un vuelco el corazón y maldijo esa perversa norma no escrita que provoca que sucedan esas cosas. ¿No podía haber sonado en otro momento? ¡Maldita sea! Por fortuna esa vez las llamadas no provenían de un número oculto. ¿Y si no había sido ella? Aún mojado, dentro del albornoz y con el pelo chorreando bajo una toalla, hizo de inmediato una rellamada. El tono al otro lado sonó una y otra vez, lento e insistente, en una eternidad de señales, eso le pareció. Al final, respondió.

Antes de que Damián pudiera decir una palabra, Patricia ya había empezado a hablar con esa maravillosa incontinencia que a veces la asaltaba.

—Lo sé, lo sé, soy lo peor, perdóname, por favor, te tenía que haber llamado ayer, lo sé, lo sé, pero no pude, es muy largo de contar, luego te lo explico, discúlpame, por favor. Al no cogerme el teléfono he pensado que ya no querías saber nada de mí, que pasabas que ya no pasaríamos juntos el fin de año, porque aún te apetece, ¿no?, dime que sí, anda...

—Mira, Patricia, ya no sé qué pensar... —respondió él en tono grave.

—Sí, sí, Damián, te entiendo, pero de verdad que ayer fue un día muy raro... Tuve una discusión muy fuerte con mis padres... Por favor, no te enfades. Nos vemos luego y te lo cuento todo... Nada me gustaría más que verte esta noche...

Aquello enterneció a Damián.

—No sé, la verdad —la interrumpió Damián con toda la ironía posible—, me lo estoy pensando... Además, como no llamabas, pues he hecho otros planes...

—Me tomas el pelo, ¿verdad?, no me digas que has hecho otros planes... Sí, me estás tomando el pelo, eres malo, malísimo...

—Y tú te haces la tonta, ¿no? —le dijo riendo—. No te diré lo único que he hecho desde ayer para no subirte aún más el ego.

—¿Qué has hecho desde ayer?

—Esperar, nada más, como un idiota, esperar cada minuto, desesperarme. Mira, no puede haber nadie sobre la Tierra que tenga mejor plan para esta noche que yo, que nosotros.

—¡Ufff, qué susto me has dado! —le respondió dichosa—. Te espero a las ocho en mi casa de rigurosa etiqueta, este es un local muy exigente.

—Allí estaré, no lo dudes.

—¿Sabrás llegar? ¿Te acordarás de dónde vivo? —ironizó—. Me parece recordar que alguna vez estuviste rondando por mi portal.

—¿Cómo olvidarlo? Sabré llegar, no te preocupes, y seré puntual.

—Nos vemos luego, un beso enorme.

—Hasta luego, otro para ti.

Cuando colgó, Damián miró por la ventana y, con una sonrisa esperanzada, admiró los tímidos rayos de sol que empezaban a acariciar las nevadas calles de Madrid.

19

Llegó mucho antes de la hora fijada. Bien vestido, con su mejor traje, el mismo que se puso el día del viaje a Marrakech, con la camisa bien planchada, sin corbata y los zapatos resplandecientes, todo en él era impecable esa noche.

Pasó toda la tarde como un bobo preparándose para la cita, algo impensable en él, que tendía al desaliño y la despreocupación más absoluta a la hora de vestirse; Damián era de poco arreglarse. Pero la ocasión lo merecía. Por la conversación que habían tenido, le pareció que por fin existía la posibilidad de conquistar a aquella mujer increíble. ¿Por qué no? Buscó gardenias pero fue imposible... Al final compró un hermoso ramo de rosas blancas en una floristería que tenía localizada cerca de la casa de Patricia y después estuvo un buen rato dando vueltas, haciendo tiempo, contando los minutos. Hacía un frío tremendo.

A las ocho en punto pulsó el botón del portero automático, como tantas veces había hecho, y ella abrió sin tardar. En vez de tomar el ascensor subió por la escalera como un chiquillo loco, saltando los escalones de tres en tres; estaba en buena forma, pero los cinco pisos lo dejaron casi sin aliento. Se apoyó junto a la puerta un instante para recuperarse antes de llamar.

Justo en ese momento, ella abrió. Se quedó mirándole un rato sin decir nada, sonriendo, bellísima. Su invitado le pareció más enternecedor y atractivo que nunca. Su postura, su forma de mirar al ver la puerta abrirse, el gesto de su rostro al verla, la forma en que extendió el brazo para ofrecerle las rosas, todo en él era una perfecta mezcla de hombría y candidez. Era un hombre apuesto y dulce. ¿Cómo podía emanar tanta dulzura un maldito policía?, se preguntó embobada.

Patricia eligió para esa noche un vestido corto de color malva que dejaba ver sus largas piernas, sus hombros y sus brazos; unos pendientes y unos zapatos de tacón, dorados y puntiagudos, nada más, pero no podía estar más bella y elegante.

Sin decir ni una palabra tomó las flores, las olió instintivamente, se acercó a él, lo abrazó, le dio un beso de bienvenida, y musitó en su oído un acogedor «Buenas noches». Aunque él tardó unos segundos en dar el paso, también la rodeó con sus brazos y posó en sus caderas las manos, y no pudo evitar que una de ellas acariciara despacio la espalda de Patricia, con deleite. Aspirar su perfume le embriagó por completo, aquel aroma a gardenias olía distinto en contacto con su piel, aún mejor. Aquel olor, aquel tacto, el ceñido abrazo, lo colmaron todo en ese preciso instante. No podía creerlo, todo su cuerpo tremó suavemente. También ella tembló levemente cuando él le habló quedo, con los labios muy cerca de su bellísima oreja.

—Hace algo más de ochenta y un días que espero este momento —le susurró aliviado, sincero.

—¿Los has contado?

—Uno tras otro.

—Me alegro mucho de verte, de que estés aquí.

—¿No te parece que ha pasado una eternidad?

—Mucho más que eso. Gracias por las flores. ¿No vas a pasar? —le preguntó burlona.

Damián regresó a la Tierra y entró en la casa de su mano. El apartamento de Patricia le pareció tan deslumbrante como ella. No era muy grande, aunque, al lado del cuchitril donde él vivía de alquiler, bien pasaría por un palacio. La casa de Patricia era de su propiedad, y estaba decorada con un gusto exquisito. Todo resultaba sencillo, todo encajaba a la perfección, cada lámpara, cada mueble, cada cuadro, cada foto, cada libro, cada visillo, cada complemento. Era una de esas acogedoras casas de alcurnia en las que se ve a la legua que no se ha escatimado ni cariño, ni buen gusto ni dinero. Un bellísimo hogar, un piso de ensueño, como esos que alguna vez había visto en alguna revista.

La luz tenue, las velas, los sobrios adornos navideños, todo daba a la estancia un aspecto irreal, una atmósfera casi cinematográfica. Era sin duda el decorado más adecuado para ese grato encuentro. Allí, por fin, estaban todas las respuestas a todos sus anhelos, la meta de sus más insólitos sueños.

—¿Sabes que las rosas blancas son símbolo de amor puro?

—Pues no, no lo sabía —contestó Damián, impresionado por ese mensaje que le mandaba el destino—. De hecho, he elegido rosas blancas porque en esta época del año me han dicho que no hay gardenias, tu flor preferida, y..., bueno, he pensado que las rosas blancas eran lo más parecido a las gardenias, por su perfume, por su delicadeza... Vintage Gardenia...

—Oh, vaya, aún recuerdas el nombre de mi perfume...

—No podría olvidarlo.

Patricia sonrió ruborizándose ligeramente, y, de improviso, Damián se sintió completamente relajado y feliz. Era evidente que esa noche tenía que estar allí, que ser así; que todo fue como tenía que haber sido para conducirle hasta allí, hasta ese impensable destino. De pronto, todo lo sucedido, hasta lo peor, parecía lógico e inevitable, natural. Sintió que la conocía de siempre, que ella siempre había estado ahí, a su lado, de alguna forma.

Ella experimentó una sensación muy similar, y se lo confesó en la cocina mientras servía un par de copas de buen vino. Del mejor.

—Tengo la impresión de conocerte desde hace años; suena estúpido, pero así es. ¿No te pasa igual? —le preguntó Patricia con cautela y cariño.

—Estaba justo pensando lo mismo. Es como si siempre hubieras estado ahí de algún modo, aunque solo haga cuatro meses que nos conocemos. Es raro, sí.

—Tal vez ha sido todo demasiado intenso. El otro día le conté a una amiga, así muy por encima, nuestra peripecia y sonaba a novela, a película, ¡de verdad! Resulta increíble.

—Sí, es una historia bastante inaudita.

—Chica conoce a chico y todo eso.

—¿Le hablaste de mí a tu amiga?

—¿Y cómo no hacerlo? —contestó riendo con ganas—. Tú eres el héroe, el que la salva. —Por un instante pasó por su cabeza el recuerdo de sus amigas Claudia y Silvia, a veces aún se sentía culpable de su fatalidad, pero apartó ese pensamiento, nada iba a estropear esa noche con Damián.

—¡Qué fuerte todo! ¿No? —respondió él con pocas ganas de seguir hablando de lo ocurrido, solo quería olvidar, disfrutar del maravilloso presente.

—Sí, mucho, muy fuerte. Te estaré eternamente agradecida por lo que hiciste. Me salvaste la vida, no hay más. Nadie me ha hecho jamás un regalo semejante. Pero me lo he preguntado muchas veces: ¿cómo se te ocurrió seguirnos? ¿En qué pensabas? Aún no me lo puedo creer, si no lo hubieras hecho a saber dónde estaría yo ahora...

—Pensaba en ti.

—Me porté fatal contigo, fatal, fui una completa idiota, una niñata maleducada, ¿no me llamaste así? Deberías haberme mandado a freír espárragos.

—Siento haberte llamado niñata. —Se rio al recordarlo, aunque ni siquiera estaba seguro de haberlo hecho—. No te preocupes, era lógico, yo me puse muy pesado. Por fortuna, no me falló el instinto, aquellos dos no me gustaron desde el momento en que los vi. Mira que si llego a equivocarme..., menudo papelón habría hecho.

—Qué hijos de...

—Nunca sabremos qué querían exactamente, quién estaba detrás de ellos.

—¿No crees que lo hicieron por dinero?

—Sí, eso está claro. Gracias a ti iban a sacar mucha pasta, seguro, pero no era un secuestro al uso, no se trataba de pedir un rescate por ti.

—¿A qué te refieres? ¿Qué buscaban entonces?

—Eras para ellos una especie de transacción, una

inversión, una venta en cierto modo, un encargo millonario. Suena fatal, pero se trataba de eso.

—¿Alguien pagó a esos por raptarme?

—Alguien muy poderoso que conociste en Dubai, por lo que dijo el piloto. Aunque creo que nunca llegaremos a saberlo con certeza, es muy complicado. Esos dos se llevaron la verdad a la tumba, sin ellos no hay mucho más de dónde tirar.

—¿En Dubai? Dios mío, hablé con tanta gente... ¿Y el piloto?

—Sigue en Marruecos, pudriéndose en una celda. Pero ese no sabía gran cosa. Ya habría confesado, allí no se andan con tonterías en los interrogatorios. Si hubiera sucedido en Europa seguramente habría sido muy distinto, incluso podría haber salido en libertad bajo fianza, no había suficientes pruebas incriminatorias contra él. Allí tendrá que pasar unos cuantos años entre rejas; tuvo mala suerte al elegir el país donde aterrizar.

—Pero, entonces, ¿todo eso no tiene nada que ver con las amenazas que recibí?

—Para nada. Resulta que quien te amenazaba era simplemente una niñata de veinte años que estaba celosa de ti. Al fin consiguieron dar con ella, y ya no te va a molestar más.

—Por favor, cuánta gente extraña hay en el mundo... —comentó Patricia pensando en todo lo que le estaba contando Damián—. Pero ¿por qué nos seguiste? Aún no me has contestado a eso —insistió ella con dulzura.

—Era tu escolta, tenía que hacerlo, ¿no?

—¿Nada más? ¿Solo por eso? ¿Por tu sentido del deber...?

—No. No tuvo mucho que ver con mi sentido del deber. Digamos que me volví un poco loco... Y hablando de mi sentido del deber, por lo que me dijiste por teléfono, parece ser que aún te tengo que proteger: ¿qué pasó ayer con tus padres?, ¿por qué discutiste con ellos?

—Fue un día duro. Tuve una mañana liadísima por todo lo que dejé aparcado, por mil asuntos de trabajo pendientes, y por la tarde fui a casa de mis padres y tuve una discusión muy fuerte con ellos. Estaban empeñados en que hoy invitara a cenar a ese que te dije, el empresario vasco, querían que volviera a salir con él. Llevo toda la vida luchando por mi libertad, por alejarme de ese mundo lleno de convencionalismos y de apariencias, donde lo único que importa es el dinero y la posición social... Así que les dije que nadie iba a decidir por mí y se pusieron como locos, estaban convencidos de que habría boda con el millonario.

»Estuve todo el día pensando en llamarte, pero no tuve ni un minuto, así que pensé en hablar contigo por la noche, con tranquilidad. Pero cuando llegué a casa estaba agotada y disgustada por la discusión; me tumbé en el sofá y me quedé dormida. Me he despertado a las tres de la madrugada. Por eso no te he llamado hasta esta mañana...

—Vaya, siento mucho lo de la discusión, pero no entiendo que se enfadaran tanto por culpa de ese tipo, si no te gusta no pueden obligarte a salir con él, ¿no?

—Bueno, además les comenté que había conocido a alguien...

Damián sintió que el mundo volvía a hundirse.

—Así que has conocido a alguien...

—Sí, claro...

—¿A quién?, si quieres decírmelo, claro.

—¡A ti, idiota!

Él se quedó tan perplejo que no sabía si había oído bien lo que Patricia acababa de decirle.

—¿Les hablaste de mí?

—Claro, eso provocó la discusión, pero no hay de qué preocuparse, se les pasará. Para mis padres es muy complicado de entender.

—¿Qué es complicado de entender?

—Que me guste un policía.

—¿A ellos no les gustan los policías?

—Para salir con su hija, no; aunque hay una posibilidad de que acepten si es un guardaespaldas que cuida de ella y le salva la vida, claro.

—¿Y te estás planteando salir con un policía?

—Es posible, aunque aún no sé si él quiere algo conmigo.

—Estaría loco si no quisiera. Aunque, como ya te he dicho, cuando te conocí me volví un poco loco...

—¿Te volví loco? ¿En tan poco tiempo? ¿Tan insoportable soy? —replicó en tono jocoso, azorada y coqueta.

—Me volví loco por ti desde el preciso instante en que te vi en la comisaría con tus padres. Justo en ese momento enloquecí...

—Vas a conseguir ponerme colorada.

—Lo que no entiendo es que no te dieras cuenta, ¿no se me notaba? ¿No viste cómo babeaba por ti tu guardaespaldas? No me lo creo...

—Eras tan amable que no sé...

—No era tan amable, estaba absolutamente enamorado de ti, como un idiota. Ya está, lo he dicho. No imaginas qué alivio soltarlo después de tanto tiempo.

—Algo se intuía —respondió divertida, llenando otra vez las copas, encantada del rumbo que tomaba esa conversación.

—Es la hostia sentir eso, ¡de verdad!

—¿Nunca antes habías estado enamorado? ¿No me contaste que hubo una chica que...?

—Nada que ver. Aquello nada tiene que ver con esto. Lo tuyo no es comparable a nada...

—¿Y ahora?

—¿Ahora qué?

—¿Sigues enamorado?

—Cómo te gusta tomarme el pelo.

—Para nada, es un asunto que me interesa. Nada más.

—Completamente, ¿o no? Espera..., bueno..., no sé, va y viene, ¿sabes? —le dijo socarrón—. Ahora parece que sí y un minuto después ya no sé... ¿Y tú?, ¿tienes claro que quieres salir con un policía?

—Lo tengo clarísimo. Yo quiero un buen compañero de vida, ¿sabes?, es sencillo, no un marido del que aburrirme en poco tiempo. Una persona con la que poder entrar y salir, charlar y reírme, con la que poder hacer proyectos, con la que sentirme segura, alguien a quien amar sin fijarme en sus títulos, sus méritos ni su cuenta corriente. Es simple, ¿no?

Damián seguía sin poder creerse lo que estaba oyendo.

—¿Me estás diciendo que estás enamorada de mí?

—Como una idiota, he tenido tiempo de darme cuenta de hasta qué punto durante todo este tiempo que he pasado sin verte. Intenté olvidarte pero no he podido, al contrario, cuanto más lo intentaba más me venías a la cabeza. Además, como en Marruecos me dijiste que estabas enamorado de alguien...

—¿Y no adivinas a quién me refería? ¿No puedes imaginarte...?

Damián ya no pudo decir nada más, ella no se lo permitió. Selló suavemente su boca con dos dedos y después con sus labios.

Aquel lento, dulcísimo e inesperado beso desintegró el mundo bajo los pies de Damián. Todo cuanto le rodeaba se desvaneció, todo se difuminó, todo desapareció excepto ella. Ya no hubo más palabras. No hubo más indecisiones, ninguna precipitación. No hubo extrañezas ni reparos. No hubo inquietud. No parecieron dos extraños besándose y acariciándose, buscándose. No tuvieron esa sensación, fue simplemente un dulce reencuentro, un bello hallazgo. Ya no hubo más que ternura y deseo.

Y así se amaron, pausadamente y con deleite. Llevaban tiempo añorándose, anhelando que sucediera algo así cada noche, cada día. Y supieron colmarse de placer sin decir apenas nada, embelesados, ajenos por completo al girar del mundo. Sin saber bien dónde empezaba uno y dónde acababa el otro.

Al final no hubo cena ni campanadas ni uvas en Nochevieja. Sin darse cuenta, mientras saciaban tanta sed, un año extraordinario dijo adiós y llegó otro seguramente cargado de sorpresas.

Ya bien entrada aquella primera madrugada juntos, desnudos y dichosos, brindaron por el nuevo año con *champagne*.

—¡Feliz Año Nuevo! —dijo Patricia, alborozada y chocando suavemente su copa con la de Damián.

Radiante como nunca la había visto, el sexo había sublimado su ya inmensa belleza.

—¡Feliz Año! —respondió él aún medio tumbado, turbado, sin poder apartar los ojos de aquel prodigio de mujer que tenía enfrente—. ¡Por la Nochevieja más hermosa que nadie pueda imaginar!

—Estoy hambrienta, ¿tú no?

—Absolutamente.

—¿Y si cenamos algo? Aunque esto ya más bien será un desayuno, ¿no te parece? ¡Ni siquiera hemos tocado la cena! —se lamentó divertida—. No es que me matara a cocinar, pero había preparado cosas muy ricas. Ven —dijo tirando de él entusiasmada y con cariño—, vamos a cenar o a desayunar, lo que quieras. Porque te quedas, ¿verdad? —bromeó—. No te pondrás ahora en plan poli intenso y me vendrás con que tienes que irte...

—Ahora que lo dices —se burló Damián—, justo tendría que marcharme, tengo una llamada perdida de la brigada...

—No, no, por favor, no te vayas ahora —dramatizó ella, traviesa y deliciosa, lanzándose sobre él—, no puedes irte, de ninguna manera. Además, ya sabes que detesto desayunar sola.

Agradecimientos

Los que nos dedicamos a esto de escribir nunca estamos del todo seguros de nada, especialmente de dónde proceden las historias y los personajes que nos acaban saliendo por la yema de los dedos. Son todo un misterio, siempre. El subconsciente también hace su trabajo, también escribe. Todo es una rara combinación de ideas y obsesiones, un amasijo de visiones y pensamientos desordenados que una incomprensible carambola mental nos lleva a saber ordenar con más o menos acierto.

Y en medio de ese caos a veces sucede que te topas con personas que bien podrían ser los personajes que tú tenías en mente, es algo fascinante. Y esos seres inspiradores suelen aparecer cuando más lo necesitas, cuando más atorado e indeciso estás. Es de locos. Me ha sucedido algunas veces pero pocas con tanta certeza como esta. Los escritores somos ladrones de almas, aves de rapiña, penitentes que nos apoderamos sin pedir permiso de voces y gestos, de aspectos y personalidades, de risas y llantos, de estupideces y genialidades, de miserias y bondades, y muchas veces lo hacemos de forma inconsciente, por eso, en cierto modo nuestras «víctimas» deberían saber disculparnos. Eso espero siempre de aquellos que puedan reconocerse en mis frases. Todo vale en este extraño juego de inventar vidas y escenarios, o casi todo. Esta vez, cuando más lo precisaba, me encontré con dos personas que bien podrían ser los protagonistas de esta novela. No había duda. Si para mí es raro e increíble supongo que para ellos lo será mucho más; que un tipo que dice ser escritor llegue y te arrebate parte de ti y lo utilice a su antojo en beneficio de la obra que tiene entre manos no pasa todos los días. Debe de ser chocante, inquietante y halagador a un tiempo. El caso es que ellos, casi sin saber, me ayudaron a sacar adelante este proyecto, este apasionado y veloz romance que transcurre en apenas cuatro meses y trescientas páginas. Por eso estoy profundamente agradecido a María León Castillejo y a Nacho López Torres. Los dos son esencia y parte de Patricia y Damián, gracias a ellos son más ciertos, más verosímiles, más humanos. Además hacen muy buena pareja en las páginas.

Han sido muy generosos conmigo dejándome hacer, dejándome que les arrebatara lo que quisiera, asesorándome con tanta paciencia como Nacho llegado el caso. Por eso quiero dejarles aquí mi más sincero agradecimiento y dedicarles también este libro con tanto cariño. Como ellos, habrá otros que puedan intuirse en las páginas, pudiera ser, aunque ya saben, en toda ficción cualquier parecido con la realidad es siempre mera coincidencia. ¿O no?

Gracias, María, gracias, Nacho, espero de todo corazón que os guste esta historia y que os haya merecido la pena leer y haber confiado en este humilde autor.

OTROS TÍTULOS

EL REGALO

Eloy Moreno

Un hombre aparca en un área de servicio su caro coche nuevo, un coche que acaba de comprar gracias a los ahorros de varios años, un coche que le roban delante de sus narices, y también su ordenador, y su móvil, y su ropa y... y no le queda otra opción que fiarse de un músico callejero para que le lleve con su vieja furgoneta a la comisaría más cercana. Una comisaría situada en un enigmático lugar llamado La Isla. Un lugar donde... todo es diferente.

LA DANZA DE LA SERPIENTE

Pilar Ruiz

Ese verano de 1914 llegan a Santander dos forasteros: Julia Doncel, una joven dispuesta a convertirse en una heroína del sufragismo, y Rafael, un anarquista andaluz que nunca ha visto el mar y que también tiene una misión que llevar a cabo.

Sin embargo, los propósitos de ambos se ven entorpecidos por la aparición de un alocado grupo de artistas encabezados por Álvaro Retana —el escritor más guapo del mundo— y la diva de la danza exótica Tórtola Valencia, sobre quien recae la sospecha de ser una espía al servicio del Almirantazgo alemán.

Revolucionarios y aristócratas, espías internacionales y policías implacables, escritores que quieren ganar el premio Nobel y un rey aficionado a la pornografía; prostitutas, cineastas y equívocas reinas del cuplé se encuentran en un baile de máscaras de intrigas y ambiciones, pero también de deseo y amor. La vida es una comedia y una tragedia, un cabaret donde, en el verano de la locura y de la guerra, el mundo entero baila la danza de la serpiente.

EN UN RINCÓN DEL ALMA

Antonia J. Corrales

Bajo la protección de un paraguas rojo, Mena, Remedios y Amanda caminan juntas en las páginas de esta conmovedora historia para demostrarnos que la amistad, el amor, la superación personal y las ganas de seguir adelante son la clave de la felicidad. Con cada uno de sus actos nos enseñan que todas las mujeres de agua tienen la fortaleza que necesitan para superar los obstáculos. Solo es necesario proponérselo.

No te sorprendas si te descubres en alguna de las páginas de esta novela. Si eso ocurre, no lo dudes. Déjate llevar. Porque *Mujeres de agua* es una de esas extraordinarias novelas que te transforma, te hace tomar decisiones y te acompaña. Un paraguas rojo bajo el que ya se cobijan miles de lectores.

LA VERDAD ESTÁ EQUIVOCADA

Nacho Abad

Guadalupe y Valentín lo tienen todo para ser felices: instalados en su lujosa finca, esperan el nacimiento de su primer bebé. Pero lo que parece un cuento de hadas está a punto de convertirse en una pesadilla.

Cuando ella desaparece sin dejar rastro, todas las sospechas se dirigen hacia Valentín. Empezará entonces una frenética investigación en la que las oportunidades de localizar con vida a Guadalupe, diabética y embarazada de ocho meses, se reducen por minutos.

La presión de la opinión pública —él es hijo de un gran torero y ella, una escritora de fama— condicionará todo lo que ocurra a continuación. Mientras los medios presentan a Valentín como un asesino desde el primer momento, la policía luchará por encontrar (o incluso fabricar) pruebas que inculpen al presunto culpable.

Así arranca la primera novela negra de Nacho Abad, una historia adictiva y llena de giros inesperados en la que late una pregunta de fondo: ¿Somos de verdad inocentes hasta que se demuestre lo contrario?